Comigo na Livraria

Livros da autora publicados pela **L&PM** EDITORES:

Cartas extraviadas e outros poemas – Poesia
A claridade lá fora – Romance
Coisas da vida – Crônicas
Comigo na livraria – Crônicas
Comigo no cinema – Crônicas
Conversa na sala – Crônicas
Divã – Romance
Doidas e santas – Crônicas
Felicidade crônica – Crônicas
Feliz por nada – Crônicas
Fora de mim – Romance
A graça da coisa – Crônicas
Liberdade crônica – Crônicas
Um lugar na janela – Crônicas de viagem
Um lugar na janela 2 – Crônicas de viagem
Um lugar na janela 3 – Crônicas de viagem
Martha Medeiros: 3 em 1 – Crônicas
Montanha-russa – Crônicas
Noite em claro – Novela
Noite em claro noite adentro – Novela e poesia
Non-stop – Crônicas
Paixão crônica – Crônicas
Poesia reunida – Poesia
Quem diria que viver ia dar nisso – Crônicas
Simples assim – Crônicas
Topless – Crônicas
Trem-bala – Crônicas

MARTHA MEDEIROS

Comigo na Livraria

L&PM EDITORES

Texto de acordo com a nova ortografia.

Capa: Marco Cena
Preparação: Patrícia Yurgel
Revisão: Luiza Gressler

CIP-Brasil. Catalogação na publicação
Sindicato Nacional dos Editores de Livros, RJ.

M44c

Medeiros, Martha, 1961-
Comigo na livraria / Martha Medeiros. – 1. ed. – Porto Alegre [RS] : L&PM, 2024.
216 p. ; 21 cm.

ISBN 978-65-5666-516-0

1. Crônicas brasileiras. I. Título.

24-93774 CDD: 869.8
CDU: 82-94(81)

Gabriela Faray Ferreira Lopes - Bibliotecária - CRB-7/6643

Rua Comendador Coruja, 314, loja 9 – Floresta – 90.220-180
Porto Alegre – RS – Brasil / Fone: 51.3225.5777

Pedidos & Depto. Comercial: vendas@lpm.com.br
Fale conosco: info@lpm.com.br
www.lpm.com.br

Impresso no Brasil
Primavera de 2024

Em 2019, reuni crônicas para um livro cuja temática era o cinema. Não eram críticas de filmes, e sim pensamentos e sensações pessoais, inspiradas por um road movie do Walter Salles, pelos documentários sobre Amy Winehouse e Quincy Jones, pelo desfecho dilacerante de *As pontes de Madison* – todos nós estivemos agarrados àquela maçaneta do carro. *Comigo no cinema* era uma coletânea de textos sobre o que a gente retém depois que as luzes se acendem.

Dentro do mesmo espírito, lanço agora um livro sobre livros. Trago à tona o que algumas leituras fizeram pela expansão do meu olhar, como elas determinaram o meu ponto de vista sobre liberdade e loucura, o jeito com que me fizeram sangrar com toda a delicadeza. Ler é um processo deliciosamente doloroso de virar gente grande. Meu amor pela literatura transborda neste indiscreto *Comigo na livraria*, em que revelo detalhes dos meus encontros privados com Ian McEwan, Francisco Bosco, Mario Benedetti, Fernanda Young, Lionel Shriver, Millôr Fernandes, José Falero, Carla Madeira e outros tantos autores que levei para o quarto.

Poucos prazeres são tão desconcertantes quanto a leitura. Que esta coletânea abra o seu apetite para dezenas de outros livros que também merecem passar dias e noites diante de seus olhos, na febril intimidade que há em toda relação a dois.

MARTHA MEDEIROS

Sumário

Kafka e os estudos

Fui uma aluna, digamos, razoável. Tirava notas boas, passava quase sempre por média, mas era desinteressada. Assim que alcançava as notas que me aprovariam, tudo o que eu havia decorado evaporava da minha cabeça. Não tenho orgulho em contar isso, me arrependo bastante de não ter prestado atenção nas aulas e de não saber mais sobre história, em especial. Mas foi assim. E só fui compreender as razões deste meu desligamento ao ler *Carta ao pai*, de Franz Kafka.

No livro, ele a certa altura admite que estudou, mas não aprendeu nada, apesar de ter uma memória mediana e uma capacidade de compreensão que não era das piores. Considerava lastimável o que havia lhe ficado em termos de conhecimento. Disse mais ainda, e nisso exagerou: que seus anos na escola haviam sido um desperdício de tempo e dinheiro.

Estudar nunca é um desperdício, mas quando li esta confissão audaciosa, quis saber mais. O que aconteceu, afinal? A justificativa: ele sempre teve uma preocupação profunda com a afirmação espiritual da sua existência, a tal ponto que todo o resto lhe era indiferente.

Há em "afirmação espiritual da existência" solenidade demais para descrever a menina que fui, mas era mais ou menos desse jeito que a coisa se dava. O que eu queria aprender de verdade não passava nem perto do quadro-negro. O que me interessava – e interessa até hoje – eram as relações humanas, e tudo de mágico e de trágico que elas representam numa vida.

Entre os sete e os dezessete anos, eu tinha urgência em estudar o caminho mais curto para ser amada. A escola era como um país estrangeiro. Pela primeira vez, eu não estava em casa, nem em segurança. Tinha que aprender como fazer amizades e mantê-las, como demonstrar emoções sem me fragilizar, como enfrentar agressões sem cair em prantos, como explicar minhas ideias sem me contradizer, como ser franca e ao mesmo tempo não ofender os colegas, e nisso gastei infindáveis manhãs e tardes prestando atenção em mim e nos outros – pouco nas lições.

Havia um pátio, havia um bar, havia um portão fechado, havia os banheiros e a biblioteca, e tudo era desafiador. Eu tinha que descobrir em mim a coragem para quebrar certas regras, fumar escondido, namorar. Ficava muito atenta às diferenças entre sabedoria e hierarquia: não era possível que os professores estivessem sempre certos e os alunos, errados. E as matérias me pareciam tão inúteis... Matemática, química e física me eram desnecessárias, eu queria saber sobre teatro, música, filosofia, psicologia, sexo, paixão, eu queria entender o que me fazia ficar zangada ou em êxtase, eu queria aprender mais sobre melancolia, desespero, solidão, eu tinha especial atração pelas guerras familiares e pelas mentiras que sustentam a sociedade, eu queria ter conhecimento sobre ironia, ter domínio sobre o pensamento, entender por que alguns gostavam de mim e outros me esnobavam, lutar contra o que me angustiava. Inocente, queria saber como se fazia para ter certezas. Eu, que tirava nota máxima em bom comportamento, precisava urgentemente que me explicassem o que fazer com o resto de mim, com aquilo que eu não usufruía, a parte errada do meu ser.

Da escola saí faz tempo, mas nunca parei de me estudar. E Kafka, quem diria, acabou dando um bom professor.

19 de setembro de 2004

Poesia e liberdade

Assim que soube da escolha de Bob Dylan como vencedor do prêmio Nobel de Literatura, meu primeiro pensamento foi: "Alto lá, e Philip Roth?". Porém, minha indignação corporativista durou poucos minutos. Poesia não é monopólio dos livros, e Bob Dylan foi premiado por causa dela, por esse gênero que não tem endereço fixo.

A gente se acostumou a confinar a poesia em versos, sonetos e haikais geralmente impressos ou recitados em saraus – quase nunca a captamos em um formato popular como uma canção. Todos sabem o que é um poema. São frases bonitas que, mesmo incompreensíveis, conectam com a alma. São colocações que reverenciamos, pois fogem do lugar-comum. É uma maneira suave de externar o que deveria se manter como um humilde segredo. É um patamar mais elevado da simplicidade. São expressões líricas que, mesmo lidas em silêncio, tornam-se sonoras.

Poesia obedece a um ritmo. Portanto, não deixa de ser um gênero musical. Bob Dylan canta poemas muito bons, dizem. Não sei, meu inglês não é suficiente para essa avaliação, mas se deslumbra a tantos, algum motivo há de ter.

Quando soube da notícia, imaginei Philip Roth ganhando um Grammy, só para revidar. Piada, claro, mas não seria impossível de acontecer. Se algum músico transformasse em canção um único parágrafo escrito por este estupendo escritor norte-americano, e virasse um hit, Roth poderia repartir o prêmio máximo da música, sim. Kleiton e Kledir gravaram um disco inteiro (o álbum *Com todas as letras*) com músicas compostas por escritores, e o resultado foi um sucesso, até em Nova York o projeto foi reconhecido. Artistas migram, invadem a vizinhança, são experimentais por natureza. Poesia não rima com reduto. Rima com alforria.

Nesta época em que se discute a identidade de gênero, em que pessoas lutam para libertar-se da obrigatoriedade de representarem o sexo com que nasceram, querer limitar quem é músico e quem é escritor soa como uma discussão obsoleta. Hoje, todos podem ser tudo. Sem entrar no mérito se isso é um avanço ou uma bagunça, assim é. Quem vai ousar restringir a área de atuação de um artista? A Academia Sueca resolveu seguir a tendência: abriu-se também.

Bob Dylan não seria Bob Dylan sem o uso preciso das palavras, e a palavra é a matéria-prima da literatura. Eu torcia por Philip Roth, mas resigno-me: vivemos num mundo sem fronteiras, onde restrição não rima com mais nada.

19 de outubro de 2016

Pessoas

O calhamaço de mais de mil páginas que Richard Zenith publicou sobre Fernando Pessoa é o *Grande sertão* das biografias. Foge à regularidade documental – é a dissecação minuciosa de uma personalidade que nunca se deixou conhecer plenamente, nem para si mesmo. Abri o livro sabendo pouco sobre sua vida íntima, e foi como embarcar numa montanha-russa de espantos.

O primeiro deles foi descobrir um biógrafo desapaixonado pelo personagem que lhe coube desvendar, mas, felizmente, apaixonado por seu ofício – é um trabalho soberbo. Zenith conseguiu chegar muito perto de uma alma torturada e ao mesmo tempo se distanciar de sua dor. O livro se chama *Pessoa*, no singular, mesmo Fernando tendo sido tão múltiplo. Os heterônimos eram experimentos de uma identidade inalcançável. "Esculpi a minha vida como uma estátua de matéria alheia ao meu ser."

Pessoa flertou com o racismo, a homofobia, a misoginia. Sexo o apavorava. O amor lhe era estranho. Ficava desconcertado com manifestações de afeto. Teve uma única namorada, sem relações íntimas – nunca teve com ninguém, que se saiba. Era um fingidor? Nunca um poema desnudou tanto um poeta.

Procrastinador serial, iniciava um sem-número de projetos sem concluí-los jamais. Preguiçoso e inapto para questões práticas, era um homem de ideias, não de realizações. Mais ligado em astrologia do que em psicanálise, não procurou ser aclamado em vida, mas era obcecado pela glória na posteridade – o que veio a alcançar, e talvez isso renda outra crônica. Por que alguém trabalha tanto para obter um reconhecimento que não irá testemunhar?

Fernando Pessoa intuía o que seu destino confirmou: há parentesco entre genialidade e loucura. Sentia-se completo emprestando sua voz a criaturas imaginárias. Só assim conseguia existir: não sendo ele. Acomodava-se bem à sensação de não pertencimento.

É aí que a leitura me abala: reconheço sua neurastenia, ao mesmo tempo que me identifico com seu alheamento. Compartilho do mesmo defeito de fabricação, que em mim se manifesta de forma não radical. Quem se acomoda à solidão tem a vantagem (muito questionável, eu sei) de nunca se desiludir e nunca decepcionar ninguém. Como ele, também já escrevi poemas sobre o tema, em uma modesta contribuição que não chega aos pés do mestre.

Fernando Pessoa vivia fora de si mesmo, sem recorrer a chás de cogumelo, peiote ou qualquer outro alucinógeno. Era o que ele chamava de "existência pessoal como nação independente", algo que poucos almejam

– e quem alcança sofre as consequências de um julgamento atroz.

Enfim, o maior poeta português foi um experimentalista que usou a própria vida como objeto de investigação, e haja oxigênio para acompanhar esse mergulho. *Pessoa* é uma biografia obrigatória não para meros bisbilhoteiros, mas para quem tem fôlego para submersões perturbadoras.

29 de janeiro de 2023

Ler por quê?

Recentemente lancei uma coletânea de crônicas e acabei participando de alguns eventos literários. Nessas ocasiões, costumo ser questionada sobre a importância da literatura. Nenhuma novidade: ler é básico porque nos ensina a escrever melhor, alarga nosso horizonte, nos diverte, nos emociona e nos coloca em contato com vivências nunca experimentadas, o que ajuda a minimizar preconceitos, a desenvolver a tolerância e a perceber as minúcias da nossa existência. Não me parece pouca coisa.

Muitos concordam, mas não acreditam que funcione na prática. Funciona e vou exemplificar. Anos atrás, recebi um e-mail de um rapaz que não entendia como eu poderia ter gostado de *Linha de passe* (direção de Walter Salles e Daniela Thomas, 2008) e *O banheiro do papa* (direção de César Charlone e Enrique Fernández, 2007), filmes que, segundo ele, não possuem nenhum atrativo: os atores são desconhecidos, os cenários são miseráveis, o figurino é relaxado, enfim, dois filmes pobres. Lembro que ele citou Joãozinho Trinta e sua máxima: "Quem gosta de miséria é intelectual". Ele perguntava a razão de tantos cineastas latino-americanos, mesmo quando têm grana ("Walter Salles é filho de banqueiro, pô!"), não fazerem filmes bonitos e agradáveis como *O diabo veste Prada*, *Uma linda mulher* e outros.

O garoto é burro? Seria simplismo defini-lo assim. O problema é que ele não tem perspectiva. Aprendeu que riqueza é ter dinheiro e pobreza é não ter, e deste ponto ele não avança. Apesar de os blockbusters citados serem filmes realmente bonitos e agradáveis, *Linha de passe* e *O banheiro do papa* são infinitamente mais ricos. Ele não compreende isso porque possui um conceito de riqueza e pobreza muito literal. Ele daria o Oscar de figurino para *O diabo veste Prada* baseado nas grifes que Meryl Streep vestiu, sem entender que um figurinista faz um trabalho muito mais conceitual quando coloca um surrado calção Adidas no personagem que interpreta um moleque de subúrbio. Da mesma forma, já ouvi alguém dizer que não acreditava que se pudesse gostar mais de *Paris, Texas* do que de um filme do James Bond. Sua visão de beleza restringe-se aos locais onde circula o espião: a Riviera Francesa, castelos, cassinos. Milhares de pessoas concordam, pois este é seu único critério de beleza, o do cartão-postal. Precisam encher seus olhos com o luxo, já que têm dificuldade de se comover com a solidão, com o silêncio, com a sutileza, com o mistério. Rechaçam o cenário desértico do filme de Wim Wenders sem identificar o deserto interior que todos nós trazemos dentro. Eles também têm sutilezas e mistérios dentro de si, só que, sem literatura, fica mais difícil reconhecê-los.

Ler não impede que gostemos de pura diversão, mas nos capacita para ir muito além. Por essas e outras, viva a cultura e vida longa aos livros.

10 de novembro de 2018

Deus vai te pegar

Acabo de tomar conhecimento de um escritor gaúcho que, não fosse ele ter me convidado para um café, eu seguiria minha vida com esta ausência despercebida. Trata-se de Carlos Moraes, natural de Lavras do Sul e hoje residente em São Paulo, que está lançando *Agora Deus vai te pegar lá fora* pela editora Record. O livro caiu do céu e foi devorado num final de semana.

É uma mistura de autobiografia e ficção. Conta a história de João Silveira, um padre que, no princípio da década de 70, foi preso numa pequena cidade da fronteira por causa de um sermão considerado subversivo. Padre João gasta seus dias na cadeia tomando chimarrão, filosofando com os outros presos e organizando partidas de futebol, enquanto aguarda dois alvarás de soltura: um vindo de Roma, já que pediu dispensa de seus votos religiosos, e um de Brasília, pois apelou de sua condenação.

Perguntado se é tudo verdade, o autor Carlos Moraes, que viveu a mesma situação, responde: "Um pouco aconteceu mesmo na cadeia; outro pouco aconteceu também, mas não lá; outro pouco não aconteceu nunca e o resto merecia ter acontecido".

Merecia mesmo. O livro é comovente, inteligente, irônico e divertidíssimo. Consegue ser gaúcho sem ser regionalista, falar sobre religião sem ser catequista, e conta a história de um preso político sem recorrer a panfletagem. Uma história que, na mão de alguém que se levasse muito a sério, ficaria aborrecida, mas o talento e o bom humor de Carlos Moraes se encarregaram de torná-la engraçada, terna e surpreendente. "Minha prisão foi mais Kafka do que Marx", diz o autor.

Voltando à ficção: o padre João Silveira vira atração da cadeia do lugarejo, é o prisioneiro mais visitado aos domingos ("É o que dá um padre ser preso numa cidade sem zoológico"). Toda noite sobe na caixa d'água do presídio e troca ideias com as estrelas sobre os colegas de cela que, mesmo sem uma ficha limpa, tornaram-se amigos do peito. E se indaga também sobre o iminente adeus ao celibato, algo que o atrai e assusta. O livro traz a reflexão, permeada por passagens inesquecíveis, sobre o que significa "lá dentro" e "lá fora", prisão e liberdade. Um dos momentos mais bonitos é quando o padre finalmente recebe os alvarás tão aguardados, e percebe que se tornou não apenas um padre livre, mas um homem livre, e se sente "acuado entre a dor das coisas que não são mais e o medo daquelas que não são ainda".

E, para encerrar minha homenagem – mas não meu entusiasmo –, digo que encontrei no livro uma religiosidade pé no chão, desassombrada por culpas e pecados, mais de acordo com o Deus que eu imagino nas minhas preces particulares. O livro nos pega lá dentro e nos devolve para fora com a fé renovada, sem o autoritarismo que costuma ser exercido em nome dela.

Abril de 2005

A arte de suprimir

Estava lendo uma longa entrevista com o escritor argentino Julio Cortázar e me deparei com sua inspirada declaração sobre “literatura com franjas”, que é aquela cheia de rococós desnecessários. Segundo ele, escritor bom é escritor que se dedica a limpar o texto até chegar a uma estrutura medular. Por isso é tão importante não se dar por satisfeito e reescrever quantas vezes for preciso (para mim, tem sido a melhor parte do ofício). É quando temos aquele monte de palavras na nossa frente e começamos a depurar, polir, retirar tudo o que não agrega, tudo o que não serve. É um processo dolorido, pois costumamos nos apegar a uma determinada frase ou a alguma gracinha, mas não devemos ceder ao capricho de mantê-las: podem distrair o leitor e interromper o ritmo da leitura. É preciso severidade consigo próprio, desapegar daquilo que, mesmo que nos apaixone, compromete o resultado. Diz Cortázar, e eu humildemente endosso: “Quando corrijo, só uma vez em cem acrescento algo. Nas outras 99, corrigir consiste em suprimir. Qualquer um que veja um rascunho meu pode comprovar isso: muito poucos acréscimos e enormes supressões".

Faxinar é uma arte. Vale para textos, armários, gavetas e, também, para manias, lembranças, rancores. Entre as diversas vantagens da maturidade, está a propensão de sermos menos sentimentais no que se refere ao nosso passado e promovermos um arrastão em tudo o que é excessivo. Não há mais tempo para delongas: uma vez conhecendo melhor a nós mesmos, hora de priorizar a essência – a nossa e a de tudo.

Os jovens bem que poderiam se antecipar à maturidade e se habituarem desde cedo a não colecionar inutilidades: amigos falsos, preconceitos, dramalhões. Hoje, considera-se rico aquele que tem um milhão de seguidores no Twitter e curtidas no Face, ou aquele que acredita que um sem-número de sapatos, bolsas e tênis acalmará sua ansiedade, afugentando o vazio. Será mesmo preciso gastar metade da vida até perder esta ilusão? O que nos dignifica não é um guarda-roupa abarrotado ou uma cabeça lotada de neuras. Simplificar, ao contrário do que se pensa, nunca foi provinciano, e sim um luxo que poucos conseguem bancar.

Acumular é que é provinciano. Nem mesmo quando relaciono esse verbo a afeto e dinheiro consigo dar a ele algum crédito, pois acúmulo nada tem a ver com suficiência. Se temos afeto e dinheiro suficientes para viver bem, com paz, conforto e alegria, para que correr atrás de mais e mais? O excesso pode conspirar contra, exigindo um esforço extra para manter a roda girando. O suficiente faz a roda girar sozinha.

Tempo esgotado: hora de enviar o texto para o jornal. Desconfio que ele segue com franjas, prometo apará-las numa próxima versão.

12 de novembro de 2014

Os largados

Antigamente, eu rosnava a cada vez que ficava sem luz em casa. Agora até festejo, e não só pela economia na conta. Dias atrás, a energia elétrica caiu às quatro da madrugada e só retornou perto do meio-dia. Sem computador, sem televisão e sem bateria no celular, me restou o ato heroico de ler um livro do começo ao fim, em um fôlego só. Por sorte, *Os largados*, do italiano Michele Serra.

Divertir e comover. Combinação diabólica plenamente atingida pelas 125 páginas que contam a história de um pai exasperado com o filho de dezenove anos que vive entocado com seus gadgets eletrônicos. Um menino que não conversa, se veste com molambos, come no sofá, não vê a cor do céu, enfim, desperdiça sua juventude.

Enquanto o pai busca caminhos para se conectar com essa criatura amorfa (caminhos inclusive no sentido literal: acredita que se conseguir convencer o garoto a acompanhá-lo numa trilha, nem tudo estará perdido), vai elaborando mentalmente um livro que sonha em escrever sobre uma fictícia Guerra Mundial entre Jovens e Velhos. E é aí que *Os largados* diz a que veio.

É só olhar para trás e lembrar as inúmeras diferenças que tínhamos com nossos pais. Quem não? O conflito de gerações é um clássico na vida de qualquer um. Porém, essa guerra se dava no mesmo campo de batalha. Podíamos pensar de forma distinta, mas comíamos todos à mesma mesa, a música vinha do único equipamento de som instalado na casa, fazíamos passeios familiares, conversávamos – ou discutíamos, brigávamos, que seja, mas dentro de um universo comum. Não é mais assim. Diz o pai ao filho, no livro: "Agora tenho a sensação – a suspeita? o terror? – de uma mutação tão radical que dificilmente, um dia, poderemos nos reconhecer, você e eu, no mesmo prazer".

E continua: "Partiu-se uma corrente – da qual eu sou o último elo".

A questão é: que novas correntes estão sendo formadas pela garotada que não lê, que se comunica à distância com os outros, que perdeu o idealismo, que fica zonza e por vezes até paralítica diante das variadas opções disponíveis de sexo, amor e carreira?

Estão 100% plugados, mas cada vez mais desconectados de nós, os últimos analógicos desta era. Largados em um novo mundo que está sendo construído à nossa revelia. Não, o livro não é pessimista ou trágico, ao contrário. É extremamente engraçado, mas com uma graça firmemente apoiada na inteligência, na ironia e na reflexão. E dá o devido espaço a uma emocionante descoberta: nesta guerra entre jovens e velhos, a razão circula entre os dois exércitos e tem múltiplas formas de se apresentar.

Leia, porque o livro é muito bom. E porque livros, este ou qualquer outro, continuam sendo fornecedores de uma energia que se mantém *on* em qualquer circunstância. O cérebro, ao contrário da energia elétrica, só cai se você deixar.

19 de abril de 2015

Saga lusa

O que Chico Buarque, Vitor Ramil, Caetano Veloso, Arnaldo Antunes, Thedy Corrêa, Duca Leindecker, Fernanda Takai, Gabriel o Pensador, Kledir Ramil e Nei Lisboa têm em comum? Acertou, são escritores. Todos eles lançaram livros, já que são familiarizados com a palavra desde que iniciaram aquela outra atividade, a música. Há quem torça o nariz: "Agora qualquer um escreve". Sorte deles, porque não é qualquer escritor que pode fazer o caminho inverso: subir em um palco e cantar direitinho.

Pois abram alas para mais uma forasteira no mundo das Letras: Adriana Calcanhotto acaba de lançar *Saga lusa*, uma viagem lisérgica que narra os dias em que saiu da casinha durante uma turnê em Portugal, tudo por causa de uma overdose de remédios que quase lhe custou a vida – mas que, espertamente, ela "curou" com literatura da boa.

Quando eu digo por aí que escrever é terapêutico, sei que estou chafurdando num clichê mais que reprisado, mas o que é um clichê senão uma verdade mil vezes repetida? Escrever cura. Só que nem todo ser humano que se aventura nesse tratamento consegue um resultado acima da média. Muitas vezes, o jorro de palavras deve ser mantido no anonimato, basta que a catarse ajude a recuperar a saúde mental perdida. Mas quando vale a pena compartilhar, ave! Que a arte seja espalhada.

O livro de Adriana é uma viagem no melhor dos sentidos – ao menos para nós, leitores. Para ela, foi violento. Dias inteiros sem dormir, dificuldade de comunicação, o pânico de não conseguir "voltar", pesadelos, delírios, shows cancelados e Lisboa vista por trás da janela de um hospital, sem poder ser desfrutada – perder a consciência nem sempre é um barato, pode ser um tremendo desconforto. Mas Adriana tinha duas armas poderosas contra suas alucinações: bom humor e um laptop. E se pôs a escrever tudo o que estava lhe ocorrendo, de uma forma tão divertida que a gente até pensa: essa guria está inventando. Não estava, mas se estivesse, maior seria seu mérito.

Adriana é elegante em suas composições e demonstra, com *Saga lusa*, ser elegante também em suas decomposições. Desestruturada, maluca, revoltada, não importa: consegue rir dela mesma e isso é a prova maior da grandeza de uma pessoa, qualquer pessoa. É nessas reações de humor e inteligência diante do desconhecido que se pode dizer: o mundo tem jeito. Muita água e muita calma nessa hora, e tudo se resolve. Olha, Adriana, não chego a desejar novos surtos reais, mas os irreais podem ser provocados sem danos à sua integridade. Cante e escreva: esgote-se em seu exagero de talento.

26 de novembro de 2008

Uma pequena joia

Não sei se é de família ou hábito apenas da minha mãe, só sei que, entre nós, qualquer preciosidade é chamada de joia. Pergunto para minha mãe sobre um filme ou sobre um lugar que ela conheceu, e se ela responde que é bonito é porque é bonito, se responde que é interessante é porque é interessante, mas quando ela diz "é uma joia", logo me sento e me disponho a ouvir os detalhes. E ela não diz joia referindo-se àquela gíria que não se usa mais. Se ela diz que é uma joia, é algo especial, em que se deve prestar atenção. E se ela diz: "É uma *pequena* joia", aí é porque a coisa é grandiosa mesmo. Em casa sempre rezamos pela cartilha do "menos é mais", preferindo as pequenas joias em detrimento das ostentosas. Um discreto ponto de luz, um brilhante comedido, o clássico que não se pavoneia, a elegância que não é extravagante: isso.

Quem já leu o italiano Alessandro Baricco sabe que ele se adapta bem à descrição de valor que fiz acima. Já havia lido dois ótimos livros dele e recentemente estive com o terceiro em mãos, que se chama *Mr. Gwyn.* Um livro com um nome próprio como título é sempre um enigma. Quem seria Mr. Gwyn? O que faz? Qual o seu conflito? Para que time torce? Por que devo parar minha vida rotineira a fim de dedicar algumas horas a esse fulano?

Mr. Gwyn é um fulano até que o conheçamos, mas Alessandro Baricco é autor respeitado. Então, mais em consideração ao prestígio do autor do que àquele Mr. Gwyn desconhecido, abri o livro.

Quando terminei, pensei nela. Já sabia como recomendá-lo: "Mãe, é uma pequena joia".

Autêntico, poético, magistralmente bem escrito. Curto, sintético, nenhuma palavra falta, nenhuma palavra sobra. Original sem ser exibicionista, contido sem ser humilde.

Uma história meio estranha, mas daquelas estranhezas que se infiltram na alma, que fazem a gente perder a insistência de buscar realidades comprovadas: a troco de que devemos acreditar apenas naquilo que já vimos antes? Qualquer história é uma história, e é a ela que o livro presta reverência, mais do que aos personagens, ainda que eles brilhem também.

É uma pequena joia porque é pequena no tamanho, mas comove por sua literatura tão bem lapidada. Porque não é um livro como tantos, tem uma singularidade que o destaca. Ou talvez seja uma pequena joia apenas porque gostei dele, mesmo que ninguém mais goste, aquilo de que gostamos é sempre significativo a despeito do que pensem os outros.

Pode ser que você não encontre nada de relevante em *Mr. Gwyn*, caso aventure-se a lê-lo. O que para mim foi percebido como uma pequena joia talvez lhe pareça uma grande porcaria. Assim é a vida, povoada por opiniões diversas. Mas que ao menos essa conversa toda tenha feito você questionar o que significa uma pequena joia em seu próprio conceito. Porque entre tantas bugigangas que nos cercam, temos o dever de eleger algumas raridades.

30 de julho de 2014

O ocasional e o essencial

Uma das razões que tornam o escritor Ian McEwan um dos grandes nomes da literatura contemporânea é que ele escreve tão bem que consegue nos capturar para dentro de seus livros. Você não lê: você *vive* aquilo que está escrito. No seu mais recente lançamento, *Na praia*, os personagens Edward e Florence, recém-casados, travam uma conversa que definirá o futuro de cada um. É um diálogo difícil, delicado, forte, emocionante, verdadeiro, triste e nenhum destes adjetivos vem em nosso socorro para ajudar a compreender a cena, não é preciso: a gente está ali com Edward e Florence, ouvindo tudo, sofrendo junto. Enquanto eles conversavam, escutei não apenas suas vozes, mas o barulho das ondas, a interferência da brisa e a lenta batida do coração de cada um. Quase paramos de respirar – o casal e eu.

A questão dolorosa do livro é uma pergunta para a qual dificilmente encontramos resposta: a pessoa que você amou e perdeu no passado era essencial na sua vida?

Uns tiveram muitos amores entre os dezesseis e oitenta anos, outros tiveram poucos, mas todos nós dispomos de um repertório, não há quem tenha percorrido a vida inteira com o coração desocupado. E tudo indica que nossa vida amorosa deverá se intensificar ainda mais, uma vez que as possibilidades de encontro se multiplicam (a internet fazendo sua parte), os preconceitos diminuem (cresce a oferta de "composições") e a necessidade de desejar e ser desejado tem se imposto à necessidade de casar e ter filhos. Na prática, estas mudanças já vêm acontecendo. Há diversas formas de se relacionar, e se o número de adeptos de formas menos tradicionais ainda não é volumoso, o respeito por elas, ao menos, está quase sedimentado.

O entra e sai de homens e mulheres na vida uns dos outros dinamiza as relações, incrementa biografias, dá uma sensação de estarmos aproveitando bem o nosso tempo. E o amor não está excluído da festa, pode marcar presença forte em quaisquer dos novos padrões de comportamento. Mas este barulho todo não oculta um questionamento secreto: haverá alguém que, entre todos os que cruzaram nosso caminho, poderia ter nos transformado e nos desviado desta eterna experimentação, justificando nossa existência de uma forma mais intensa? Terá esta pessoa cruzado por nós e a perdemos por causa de uma frase mal colocada, por uma palavra dita com agressividade, por uma precipitação, por medo, por um equívoco?

Não é uma resposta que chegue cedo para todos. Sorte de quem já a tem. Em *Na praia*, Ian McEwan não oferece um final infeliz a seus personagens, mas não os priva de uma dúvida comum a todos: que destino teríamos se um amor vivido errado tivesse sido vivido certo. Como assumir um amor, qualquer amor, sem sofrer as influências da época, da sociedade e da nossa própria imaturidade. Como valorizar o que se tem no momento exato em que se tem, e não depois. Como livrar-se do fantasma do "ah, e se eu tivesse dito, se eu tivesse feito, se eu...".

O maravilhoso mundo das relações amorosas progride, se reinventa, se liberta das convenções, se movimenta para um lado e para o outro, mas seguimos mantendo a íntima esperança de que, entre todos os "muitos" que nos fizeram felizes, possamos reconhecer aquele "um" que calaria todas as nossas perguntas.

29 de julho de 2007

La gozadera

Eu já havia gostado muito dos pensamentos e poemas publicados no livro *Da amizade*, de Francisco Bosco, lançado em 2003. Pois agora, quatro anos depois, Chico lança *Banalogias*, um livro de ensaios que transforma o banal em filosofia. Daqueles livros que nos mantêm grudados até a última página e que abandonamos sob protestos.

Chico não se contenta com aspectos periféricos e vai fundo buscar o que não se enxerga a olho nu: o maquiavelismo de algumas críticas contra Caetano Veloso, a desimportância das dedicatórias de livros, o reducionismo das sinopses de filmes, o que diferencia um golaço de um gol bonito, a necessidade da tristeza, a insistência em comparar letra de música com poesia e outros assuntos que ele aprofunda como um astuto arqueólogo do cotidiano. Entre os temas, destaco o delicioso "A ética da gafieira em quinze passos", de onde tirei o assunto para minha crônica de hoje, ou para o que resta dela. Chico Bosco fala que a exigência de o cavalheiro conduzir a dama e de ela ser conduzida, a obrigação de pensar na sequência de passos e tudo mais, confere uma certa rigidez e tensão aos bailarinos iniciantes, enquanto a dança de gafieira pede justamente o contrário. "É a conquista de uma liberdade – isto é, a conquista do erro – que possibilita o sorriso, a soltura, o improviso. Numa palavra, como dizem os cubanos, *la gozadera*."

Agora me diga você, que vive contraído por causa das pressões sociais, das expectativas alheias, das ideias absurdas de perfeição que foram colocadas na sua cabeça, como é que ainda não se permitiu a conquista do erro? Está aí a chave para uma vida, se não mais feliz, ao menos mais divertida. Porque é do erro que surgem novas soluções. Os desacertos nos movimentam, nos humanizam, nos aproximam dos outros, enquanto o sujeito nota dez nem consegue olhar para o lado, não pode se desconcentrar um minuto sob pena de ver seu mundo cair.

O mundo já caiu, baby. Só nos resta dançar sobre os destroços.

A escritora e filósofa francesa Chantal Thomas certa vez disse: "Na sociedade moderna há muito lazer e pouco prazer". O fato de você estar passeando, nadando ou comendo não significa que está tendo prazer, talvez esteja apenas obedecendo às leis severas do "tempo livre". O que há de divertido em reservar uma mesa num restaurante da moda para daqui a três meses, em enfrentar filas intermináveis para ver uma exposição de um artista que você nem sabe quem é, em comprar uma bolsa caríssima que logo será vendida a dez reais no camelô e em praticar a ginástica do momento para não ficar desatualizada? São solicitações culturais, imposições de fora. O prazer está na invenção da própria alegria.

O pai de Chico, João Bosco, há muitos anos sussurrou belamente em nossos ouvidos: "São dois pra lá, dois pra cá". Vem agora o filho e gentilmente retira a ponta do torturante band-aid do calcanhar. Soltemos nossos passos e gozemos a vida.

9 de setembro de 2007

O dono do livro

Escutei um fato engraçado contado pelo escritor moçambicano Mia Couto. Ele disse que certa vez chegou em casa no fim do dia, já havia anoitecido, quando um garoto humilde de dezesseis anos o esperava sentado no muro. O garoto estava com um dos braços para trás, o que perturbou o escritor, que imaginou que pudesse ser assaltado. Mas logo o menino mostrou o que tinha em mãos: um livro do próprio Mia Couto. "Este livro é seu?", perguntou o menino. "Sim", respondeu o escritor. "Vim devolver." O garoto explicou que horas antes estava na rua quando viu uma moça com aquele livro nas mãos, cuja capa trazia a foto do autor. O garoto reconheceu Mia Couto pelas fotos que já havia visto em jornais. Então perguntou para a moça: "Esse livro é do Mia Couto?". Ela respondeu: "É". E o garoto mais que ligeiro tirou o livro das mãos dela e correu para a casa do escritor para fazer a boa ação de devolver a obra ao verdadeiro dono.

Uma história assim pode acontecer em qualquer país habitado por pessoas que ainda não estejam familiarizadas com os livros – aqui no Brasil, inclusive. De quem é o livro? A resposta não é a mesma de quando se pergunta quem *escreveu* o livro. O autor é quem escreve, mas o livro é de quem lê, e isso de uma forma muito mais abrangente do que o conceito de propriedade privada (se comprei, é meu). O livro é de quem lê mesmo quando foi retirado de uma biblioteca, mesmo que seja emprestado, mesmo que tenha sido encontrado num banco de praça. O livro é de quem tem acesso às suas páginas e através delas consegue imaginar os personagens, os cenários, a voz e o jeito com que se movimentam. São do leitor as sensações provocadas, a tristeza, a euforia, o medo, o espanto, tudo o que é transmitido pelo autor, mas que reflete em quem lê de uma forma muito pessoal. É do leitor o prazer. É do leitor a identificação. É do leitor o aprendizado. É do leitor o livro.

Dias atrás, gravei um depoimento para o rádio em que falo aos leitores exatamente isso: os meus livros são os seus livros. E são, de fato. Não existe livro sem leitor. Não existe. É um objeto fantasma que não serve para nada.

Aquele garoto de Moçambique não vê assim. Para ele, o livro é de quem traz o nome estampado na capa, como se isso sinalizasse o direito de posse. Não tem ideia de como se dá o processo todo, possivelmente nunca entrou numa livraria, nem sabe o que significa tiragem. Mas, em seu desengano, teve a gentileza de tentar colocar as coisas em seu devido lugar, mesmo que para isso tenha roubado o livro de uma garota sem perceber. Ela era a dona do livro. E deve ter ficado estupefata. Um fã do Mia Couto afanou seu exemplar. Não levou o celular, a carteira, só quis o livro. Um danado de um amante da literatura, deve ter pensado ela. Assim são as histórias escritas também pela vida, interpretadas a seu modo por cada um.

6 de novembro de 2011

Feliz ou livre?

Dizem que ainda vai chover muito no Sul e fazer frio até outubro. O jeito é se conformar tendo um bom livro em mãos, como o delicioso *Casados com Paris*, de Paula McLain, que narra, numa biografia romanceada, como foi o primeiro casamento de Ernest Hemingway. Ele tinha 21 anos e sonhava em ser um escritor famoso quando conheceu Hadley Richardson, de 28, que só desejava viver um grande amor. Eram os efervescentes anos 20, pós Primeira Guerra. Ambos viviam sonorizados pelo jazz, tendo como amigos Gertrude Stein e o casal Fitzgerald, e driblavam a lei seca com litros de uísque, vinho e absinto. O espírito é parecido com o filme *Midnight in Paris*, de Woody Allen, mas o livro vai bem mais fundo no registro de época. Uma prosa escrita em tom de pileque, com direito a uma ressaca braba no final.

Hemingway era, ele próprio, um personagem fascinante: trazia à tona as contradições mais secretas do ser humano. Sensível e rude ao mesmo tempo, demonstrava ser um homem com múltiplos talentos, menos o de se adaptar a uma felicidade de butique. Corria o mundo atrás de seus sonhos e, não os encontrando, empacotava suas coisas e voltava ao ponto de origem, até que a próxima aventura o chamasse. Amava os amigos, a bebida, o sexo oposto, a literatura e as touradas, não necessariamente nessa ordem: aliás, sem ordem alguma. Ele próprio era um animal belo, viril e destemido diante de uma arena perplexa. Havia sobrevivido a uma guerra que tentara lhe roubar a alma. Aprendera a se defender mesmo quando não era atacado.

Hadley acompanhava esse ritmo entre encantada e assustada. Não era fácil ser mulher de um homem que vivia aumentando as apostas: sentir mais, arriscar mais. Não fosse assim, seria a morte por indignidade, como ele definia a resignação. Ou seja, sua primeira esposa viveu no melhor dos mundos e no pior, quase simultaneamente.

O livro é narrado por ela, Hadley. É comovente ver sua luta interna para manter um casamento razoavelmente dentro dos padrões, sem com isso podar o homem para o qual a felicidade não era um valor absoluto, mas a liberdade, sim. Hemingway nunca teve dúvida de que ser livre era bem mais necessário e menos complicado do que ser feliz.

Fácil para quem vivencia essa liberdade, difícil para quem tem que acompanhá-la. Hadley era tão encantadora e especial quanto Hemingway, ainda que sob outro ponto de vista. E é esse embate emocional que o livro narra de forma adorável e ao mesmo tempo angustiante: um homem que luta para não entregar sua alma em nome das conveniências, e uma mulher que também não renuncia à sua, apesar das perdas que venha a sofrer.

Quem ganha é o leitor.

31 de agosto de 2011

Sobriedade demais

Outro dia, conversando com algumas amigas escritoras, perguntei se elas costumavam beber enquanto escreviam seus livros. Responderam: nem um gole. Nas vezes em que isso havia acontecido, o efeito era sempre o mesmo: na hora, consideravam-se mais geniais que Virginia Woolf, mas, no dia seguinte, ao reler o que haviam escrito, jogavam tudo no lixo.

Comigo idem. Se tomo um vinho sem controlar o número de cálices, me solto, dou um rolê pelas galáxias e perco o caminho de volta. No dia seguinte, ao ler o que escrevi, entendo perfeitamente o significado de "pirar na batatinha" e "viajar na maionese". Nem uma linha que preste.

Mas me pergunto: a troco de que devo confiar na minha sobriedade? Penso em Hemingway, Bukowski, Dylan Thomas, penso na geração beatnik e naquele cenário clássico: uma máquina de escrever cercada por um cinzeiro entupido de baganas e por uma garrafa de uísque vazia. Uma espécie de altar às avessas, de onde brotavam palavras atormentadas, escritas madrugada adentro. Hoje se escreve melhor?

Melhor, pior, não é esta a questão. O problema é que transformamos literatura em profissão, com todos os encargos incluídos: pontualidade, disciplina, declaração de imposto. Obedecemos a prazos. Escrevemos de dia, em apartamentos vizinhos a shoppings. Cercados pela família, que assiste à tevê no aposento ao lado. Escrevemos concentrados no texto, mas interrompendo-o de vez em quando para consultar a entrada de e-mails e mensagens de WhatsApp. Mergulhamos na ficção sem esquecer o horário marcado para o check-up de rotina. Tentamos ser viscerais dentro dessa vidinha irritantemente normal.

Sinto certa nostalgia da época em que escrever era uma sina e não uma opção de carreira, quando as informações não estavam tão disponíveis e havia mais espaço para a imaginação. Quando não lidávamos com a assepsia dos computadores e nem com a falta de romantismo destes dias atuais. Quando o politicamente correto não havia sido inventado, quando era possível isolar-se, não ser encontrado, patrulha nenhuma à vista. Quando havia liberdade para viver uma vida que não fosse padrão, quando sobrava silêncio, ninguém recomendando dietas, exercícios, abstinências.

Houve quem entrasse rio adentro com pedras nos bolsos: suicidavam-se mais, os escritores. Os escritores deste novo século já não se suicidam, as Sylvia Plath de hoje fazem mamografia, as Ana Cristina Cesar fazem pilates, os William Burroughs do século XXI precisam parar de beber por recomendação médica. Está proibido o desatino.

É muito saudável viver de forma regrada, mas de vez em quando me pego sentindo falta de uma praia deserta, de um jazz saindo de um LP arranhado, de um tormento que não seja diagnosticado num quadro do Fantástico. E de mais pileque em nossos textos. Está na hora de vasculhar a cesta de papéis ao lado da minha Remington imaginária e resgatar o que andei abandonando lá dentro.

16 de setembro de 2007

Entrelinhas

Quando lançamos um novo livro, respondemos entrevistas, e é normal que nos perguntem qual é o aspecto mais positivo da profissão. Se o assunto for relacionado à crônica, desfio logo a lista de vantagens: são várias as alegrias de se escrever em jornal. Mas quando me perguntam as desvantagens, empaco. São poucas. Pensando bem, uma só. É quando as pessoas tentam adivinhar o que você está vivendo em sua vida privada, o que está sentindo, o que está acontecendo com você, afinal.

Se o lado A dessa superexposição é o carinho que a gente recebe dos leitores, o lado B é quando interpretam coisas que não foram ditas. De certa forma, faz parte do jogo. Eu também, ao ler um colunista, posso até intuir que ele está pensando em trocar de cidade, ou que foi deixado pela mulher, ou que está mal de dinheiro. Mas não entro em contato com ele para confirmar.

Outro dia, recebi um longo e-mail de uma leitora que me deu um diagnóstico preciso e indiscutível: eu estava com depressão. Respondi agradecendo a preocupação, mas que ela ficasse aliviada, estou vivendo a melhor fase da minha vida. Ela me pediu então para enfrentar a realidade, não mascarar minha dor. Calei. Quem melhor do que uma estranha para saber de mim?

Passou uma semana e recebi um e-mail de uma outra leitora que me perguntava se eu havia brigado com meu namorado. Não, não brigamos, está tudo ótimo. "Capaz! Admita. Brigaram, claro. Pode se abrir comigo." Melhor não contrariar, deixei por isso mesmo.

E um senhor me veio com esta, certa vez: "Por que você tem tanto ódio dos homens?". Fiquei chocada. Eu? Euzinha? Mas de onde tiram essas ideias?

Tiram das entrelinhas, um espaço onde nada está escrito, mas que também é lido. O comentário implícito que nem sempre foi feito, mas que já está sendo estudado em salas de aula. Esta zona nebulosa que atiça a imaginação dos mais criativos. Um silêncio que fala o que o leitor escolheu ouvir. O vazio que ninguém assina, e por isso mesmo não tem dono: qualquer um pode ser o autor das entrelinhas.

E não raro as entrelinhas concebidas pelo leitor anônimo são mais criativas do que as linhas que escrevemos. A gente se esforça para dar uma opinião e o leitor, durante a leitura, já vai elaborando uma contra-argumentação bombástica. Ao chegar ao final do texto, em quem ele irá acreditar, em nós ou nele mesmo? Que pergunta.

Pensando bem, escrever crônicas só tem vantagens, desde que a gente não se importe de concorrer com as entrelinhas que alguns leitores escrevem junto, mas pelas quais não se responsabilizam, ao contrário: tentam nos convencer de que é tudo coisa nossa.

Depois não querem que a gente entre em depressão.

27 de novembro de 2007

Forever Young

A morte é um assunto que morre rápido. Está fazendo uma semana que Fernanda Young morreu, para você que me lê. Para mim, faz poucas horas, pois ainda estou no domingo, 25 de agosto, são 15h07 neste instante em que escrevo e Fernanda ainda não foi enterrada. Sua morte ainda é um assunto fresco e perturbador – não para você, que no espaço de uma semana deve ter experimentado outras dores e nem lembra o que jantou ontem.

Rolou reprise de *Os normais*? Tudo já voltou ao normal?

Era 1996 quando meu melhor amigo, que morava em São Paulo, veio me visitar e trouxe de presente um livro chamado *Vergonha dos pés*, estreia literária de uma garota que era casada com um parceiro de trabalho dele. Meu amigo, redator da W/Brasil, agência de propaganda do Washington Olivetto, era colega de Alexandre Machado, casado com Fernanda Young, a autora do livro que comecei a ler naquela mesma noite e que não larguei até que terminasse.

Dali em diante, fui comprando os novos lançamentos dela, e gostando, e escutando algumas histórias sobre sua vida, e gostando ainda mais. Até que comecei a acompanhar seus comentários no programa *Saia justa*. Ela tinha uma desfaçatez que não era própria das escritoras, normalmente mais contidas. Que mulher era aquela? Autêntica, verdadeira, mas tinha algo estranho, parecia que havia levado um tiro e que a bala nunca fora extraída.

Fernanda Young me angustiava. E me fascinava.

Lido mal com egos superinflados, então às vezes eu desacreditava dela – putz, é um personagem, eu pensava. Mas aí ela lançava novos livros interessantes, e os seriados escritos em parceria com o marido eram sensacionais, e dava entrevistas em que se fazia odiar com um carisma absurdo, e posou nua para a *Playboy*, linda, anárquica, excêntrica, e eu atravessava os anos sem me decidir se gostava dela ou não. Enquanto isso, o tempo passou: quando vi, era 2017 e eu a seguia no Instagram.

Agora procuro entender a razão de a morte dela ter me abalado tanto. Acho que foi justamente por causa da minha indecisão. Ela me angustiou e me fascinou até o fim, e agora me parece claro: ela era o meu inverso. Ousada, transgressora, performática. Ela tinha coragem. Expunha sua dor existencial de uma forma incômoda e ao mesmo tempo comovente. Empinava o nariz, mas seu medo permanecia lá, no fundo do olho. A bala nunca extraída.

É uma sacanagem a morte tê-la levado tão cedo, mas, em se tratando de Fernanda Young, há nisso uma coerência, ainda que involuntária. Ela nunca seria *old-fashioned*, não teria o mau gosto de perder o viço, a força e a provocação. Causou até o final. Levou com ela minha angústia e restou meu fascínio finalmente assumido: eu a admirava escondida de mim mesma.

1º de setembro de 2019

Livros perdidos

Na carona do best-seller *1001 livros para ler antes de morrer*, de Peter Boxall, está sendo lançado *O livro dos livros perdidos*, que nada mais é do que uma grande reportagem sobre os livros que nunca chegaram nem chegarão a nossas mãos, desde obras de filósofos gregos até algumas produzidas no último século.

Literatura é aquilo que está escrito. A oralidade dificilmente preserva a criação, é preciso que o texto seja materializado. Mas esse material é sempre vulnerável, sustenta Stuart Kelly, autor desse inventário às avessas, que, com bom humor, nos conta sobre as mais diversas formas de perda, a começar pela destruição provocada pelo próprio autor, por razões também várias, desde perseguição política até excesso de autocrítica.

Há obras que desapareceram depois que seus autores morreram antes de concluí-las, obras que foram queimadas, obras que sumiram em terremotos, obras que foram roubadas de dentro de carros, obras que existiram apenas como uma ideia embrionária e que não chegaram a ser escritas. Uma consternação. Para que ninguém fique totalmente triste com esse desperdício, existe a defesa de que um livro perdido, assim como um amor platônico, pode ser infinitamente mais atraente do que muita coisa que já lemos, pelo simples fato de ser perfeito em nossa imaginação.

Mas dói saber que há obras de Cervantes, Shakespeare e Goethe que foram abortadas antes de nascer e que nunca foram editadas. Um tal Paul Labarrière confessou que perdeu um caderno com cinquenta poemas inéditos do amigo Rimbaud enquanto mudava de casa. Kafka era rigorosíssimo e chegou a pedir em testamento que sua obra fosse destruída – para nossa sorte, não foi obedecido. No entanto, ele mesmo, ainda com saúde, queimou cartas, contos e uma peça de teatro inteira. Ezra Pound, também chegado a umas labaredas, queimou dois romances e cerca de trezentos sonetos. Hemingway colocou quase tudo o que escreveu até os 23 anos num baú e mandou para a Suíça aos cuidados de sua primeira esposa. O baú nunca chegou. Foi roubado. Dizem que Hemingway entrou em curto-circuito quando soube, mas dias depois ressuscitou feito um leão e passou a escrever com muito mais vigor. E Sylvia Plath, coitada, passou pelo pior tipo de censura: o marido Ted Hughes, de quem ela já estava em processo de separação quando se suicidou, ficou com os direitos literários da poeta e simplesmente queimou os diários dos meses finais da vida de Sylvia para que os filhos dela não lessem. Nem eles, nem nós.

Particularmente, não fico entristecida com esses desaparecimentos históricos. Todos esses autores tiveram seus maravilhosos escritos publicados, e se não deixaram outras mil páginas, paciência. Não há motivo para desesperar-se diante de um não acontecimento, de algo que não vingou. *O livro dos livros perdidos* é apenas um apanhado de curiosidades, e me fez pensar menos nas obras extraviadas e mais nas que estão nas estantes me chamando, implorando leitura, exigindo tempo para elas. Os 1.001 livros que preciso ler antes de morrer, esses sim me exasperam.

Veneno antimonotonia

Falcatruas, alagamentos, violência urbana. Eu colocaria mais uma coisinha nesta lista de pequenas tragédias com que somos brindados diariamente: o tédio. A cada manhã, abrimos os jornais e é a mesma indecência política. Nas ruas, perdemos tempo com os mesmos engarrafamentos. Escutamos as mesmas queixas no local de trabalho. É sempre o mesmo, o mesmo. Como é bom quando algo nos surpreende.

Para quem vive na opressiva e cinzenta São Paulo, a novidade atende pelo nome de Cow Parade, a exposição ao ar livre de 150 esculturas em forma de vaca, em tamanho natural, feitas de fibra de vidro e decoradas com muita cor e insanidade por artistas plásticos, diretores de arte, designers e cartunistas. Um nonsense mais que bem-vindo, uma intervenção no nosso olhar acostumado. Espalhadas por ruas, praças, nos lugares mais inesperados, lá estão elas, vacas enormes, vacas profanas, vacas insólitas. Para quê? Para nada de especial, apenas para espantar o tédio, inspirar loucuras, lembrar que as coisas não precisam ser sempre iguais. Havia uma vaca no meio do caminho, no meio do caminho havia uma vaca. É poesia também.

Falando em poesia, há sempre uma nova e heroica coletânea sendo lançada no mercado editorial, tentando atrair aqueles leitores que evitam qualquer coisa que rime. Desta vez, não é coletânea de mulheres poetas ou de poetas do terceiro mundo, essas cortesias que nos fazem. O humor e a leveza baixaram no reino dos versos. O livro chama-se *Veneno antimonotonia* e traz o subtítulo: *Os melhores poemas e canções contra o tédio.* Organizado por Eucanaã Ferraz, a antologia pretende combater o vazio, o medo, a falta de imaginação. É um convite para a farra, e um convite feito através das palavras de Drummond, Chico Buarque, Antonio Cicero, Ferreira Gullar, Adriana Calcanhotto, Armando Freitas Filho, Vinicius de Moraes, Caetano Veloso, João Cabral de Melo Neto e outros ilustres, sem faltar Cazuza, claro, cuja canção "Todo amor que houver nessa vida" – uma das minhas letras preferidas – inspirou o título da obra.

Até hoje, pergunta-se: para que serve a arte, para que serve a poesia?

Intelectuais se aprumam, pigarreiam e começam a responder dizendo "Veja bem..." e daí em diante é um blá-blá-blá teórico que tenta explicar o inexplicável. Poesia serve exatamente para a mesma coisa que serve uma vaca no meio da calçada de uma agitada metrópole. Para alterar o curso do seu andar, para interromper um hábito, para evitar repetições, para provocar um estranhamento, para alegrar o seu dia, para fazê-lo pensar, para resgatá-lo do inferno que é viver todo santo dia sem nenhum assombro, sem nenhum encantamento.

2 de outubro de 2005

Prisioneiros do amor livre

Gosto de ler biografias, ter acesso aos bastidores da vida de alguém que admiro, contada de forma literária, sem o veneno da fofoca: é a investigação longa e precisa sobre um ser humano que, a despeito das virtudes que o tornaram uma celebridade, também possui fraquezas e às vezes escorrega como todos nós. A última que li foi a do casal Sartre e Simone de Beauvoir. Em *Tête-à-tête*, ficamos sabendo dos pormenores de como se conheceram e como administraram as diversas outras relações amorosas que tiveram até o cerrar das cortinas.

Sempre fui uma entusiasta da produção intelectual dos dois, mas admito que, anos atrás, ao ler as 304 cartas que Simone de Beauvoir escreveu para seu amante americano (*Cartas a Nelson Algren*), fiquei desconcertada com a chatice da autora. Que mulherzinha maçante. Em estado de paixão, ela me pareceu sufocante, manipuladora e por vezes até indelicada. Só quando se desapaixonava é que voltava a ser a feminista brilhante que tanta contribuição deu ao mundo.

Agora, lendo *Tête-à-tête*, tive uma sensação parecida. Foi com o entusiasmo de sempre que mergulhei no pano de fundo do livro: as discussões em salas de aula da Sorbonne, as ideias que nasceram nos cafés de Saint Germain e, principalmente, a fascinante teoria defendida por Sartre a respeito da liberdade: para ele, cada ser humano deveria assumir 100% as rédeas da sua vida. Tudo é fruto da nossa escolha, até mesmo quem iremos amar e que tipo de qualidades e defeitos iremos desenvolver em nós. Em sua opinião, não existe isso que chamamos de "a ordem natural das coisas", e por isso ser livre parece tão assustador. Sartre optou por não fugir da sua liberdade como muitas pessoas fazem, não admitiu ser regido por códigos preestabelecidos e construiu uma vida à sua maneira.

Teoricamente, acho instigante e excitante. Na prática, porém, é preciso ter cuidado para que isso não vire uma neura. Sartre, conforme a leitura de *Tête-à-tête* avançava, me pareceu um prisioneiro da sua própria ideologia, relacionando-se "livremente" mais para comprovar sua tese do que por afetos reais. Por outro lado, Simone me pareceu uma mulher mais sinceramente envolvida com suas paixões, mas era outra prisioneira destas experiências libertadoras: arranjava mulheres para Sartre e depois caía de cama de tanto ciúme e desconcerto. São mentes cintilantes, escritores fundamentais para entender nosso século, mas quanto ao amor livre, não me pareceram tão livres assim. Sua profunda dedicação ao movimento existencialista, aos estudos e às pesquisas lhes deu a projeção merecida, mas lhes roubou a chance de desenvolver uma vida amorosa mais espontânea. Mais hippie, se me permitem uma comparação incomum.

No final das contas, fiquei com a impressão de que liberdade é um conceito relativo: quem escolhe ser "mulher de um homem só" não é menos livre do que a mulher que intenciona ter o máximo de relações possível. Todas as teorias são claustrofóbicas, pois a tendência é sermos engolidos por elas e nos vermos obrigados a seguir um rumo que talvez não seja condizente com nossa verdadeira inclinação emocional. Seguir nosso desejo é o que nos torna livres, e o desejo é variável, mutante, inclassificável – não pode ser considerado moderno ou antigo, é o que é.

E mesmo que consigamos obedecer apenas aos nossos instintos mais naturais, com toda a liberdade que isso implica, ainda assim pagaremos um tributo ao sofrimento, simplesmente porque viver, seja da maneira que for, nunca é fácil.

1º de abril de 2007

Aos navegantes

Se eu pudesse definir o perfil do futuro presidente (homem ou mulher), gostaria que fosse uma pessoa obstinada em encontrar soluções simples e inovadoras para velhos problemas, que fosse metódico e comprometido com a eficiência de tudo, que tivesse liderança suficiente para engajar outros partidos em seus projetos e que se antecipasse às crises, investindo em planejamento. Em suma, que fosse prático e criativo, mas não um aventureiro.

Aí me dou conta que essa pessoa existe e se chama Amyr Klink, que tantos consideram justamente um aventureiro.

Não há tempo a perder, seu livro lançado em 2016, é um longo depoimento dado à editora Isa Pessoa, em que ele comenta não apenas sobre suas viagens solitárias pela Antártica e sobre sua travessia da África para o Brasil num barco a remo, mas também revela sua maneira de ver o mundo, suas convicções, seu estilo de comportamento, o dinamismo com que reverte imprevistos. Focado, discorre sobre as razões pelas quais, mesmo se dedicando a uma atividade considerada perigosa como a navegação de longa distância, nunca passou por nenhuma situação muito grave e sempre voltou para casa são e salvo.

A razão é óbvia: ele não é nem um pouco aventureiro.

Ao contrário do que parece, Klink não gosta de experiências dramáticas e de colocar a vida em risco (nem a dele, nem a de ninguém), e por isso investe muito em conhecimento e se empenha à exaustão até realizar seus planos. Ainda assim, admite que em tudo há uma porcentagem de erro. Faz o possível para minimizá-la, mas não a ponto de ficar paralisado pela busca da perfeição – tem uma hora em que é preciso partir, já que nada é perfeito e nunca será. Então ele vai. E volta para contar.

Não é homem de deixar nada incompleto, pelo meio do caminho – valoriza as conclusões. Eficiência é isso: começar e terminar. Aí eu lembro que o Brasil é esse imenso canteiro de obras inacabadas, de estradas esburacadas, de variados exemplos da nossa incompetência em ir até o fim, em entregar o prometido, em cumprir o combinado. Um país feito apenas de pontapés iniciais.

Suponho que ser presidente da República seja uma viagem na qual Amyr Klink nunca pensou em embarcar. Então, só resta recomendar a leitura de seu livro a quem pleiteia o cargo este ano, e que dê atenção para a parte em que Klink fala da importância de não apenas cuidarmos do que é nosso, mas especialmente cuidarmos do que *não* é nosso – que esse pensamento seja constante e inspirador para aqueles que se apresentam como opção para governar um país que não é de alguns, e sim de todos.

Aliás, vale para o nosso cercadinho também: cuidar do que é do vizinho, cuidar do que é do colega de aula, cuidar do que é do parceiro de trabalho, cuidar do que é do bairro, da cidade, da coletividade. Um pouco mais de zelo e quem sabe a gente já não continue assim, tão à deriva.

4 de fevereiro de 2018

Tudo é rio

É bem possível que você nunca tenha escutado falar em Carla Madeira, mas sugiro que abra espaço para ela entrar em sua vida. Até o final de 2018, espero que essa autora mineira já esteja encabeçando as listas dos mais vendidos, que esteja sendo disputada para entrevistas e que esteja recebendo propostas de editoras para lançar algum novo livro, já que o de estreia, *Tudo é rio*, deixa evidente que ela chegou para ficar – é a revelação literária do ano (não tenho autorização de ninguém para decretar coisa alguma, não li tudo o que foi lançado até aqui, mas estou me permitindo usar o entusiasmo como critério).

Tudo é rio é uma obra-prima, e não há exagero no que afirmo. É daqueles livros que, ao ser terminado, dá vontade de começar de novo, no mesmo instante, desta vez para se demorar em cada linha, saborear cada frase, deixar-se abraçar pela poesia da prosa. Na primeira leitura, essa entrega mais lenta é quase impossível, pois a correnteza dos acontecimentos nos leva até a última página sem nos dar chance para respirar. É preciso manter-se à tona ou a gente se afoga.

É a história de Dalva e Venâncio, um casal apaixonado que passa por uma perda que transfigura o seu destino, e de Lucy, a prostituta mais despudorada da cidade, que se intromete no caminho desta dupla, formando um triângulo que poderia ser clichê, não fosse a habilidade de Carla em conduzir a trama para longe do lugar-comum e de dominar o erotismo – ela narra o explícito sem ser vulgar, ela perturba e fascina, é atrevida e lírica, louca, lúcida.

Carla dá até raiva na gente. Como assim, um livro de estreia tão potente, tão perfeito, tão pronto? Mas diante da excelência, não adianta esbravejar, manda a humildade que façamos nossa parte: divulguemos. Mesmo o produto sendo da maior qualidade, sem divulgação o milagre não acontece, os leitores não ficam sabendo, e autor nenhum deseja escrever apenas para meia dúzia de parentes, com todo respeito aos nossos tios e primos. Carla merece que seu livro passe de mão em mão e para isso ela precisa do boca a boca. Os sortudos, como eu, que já tiveram o privilégio de conhecer seu trabalho, têm o dever de chamar a atenção para esta joia que talvez permaneça escondida nas prateleiras das livrarias em meio a tantos outros títulos. Não bastasse o prazer da leitura, atenção, cineastas: daria um filme magnético.

Tudo é rio, como sugere o título, é líquido. Suores, lágrimas, sêmen, sangue, saliva. Mas Carla consegue não deixar cair nem um pingo para fora da narrativa, a prosa nunca escorre para o sentimentalismo barato, não há enchente, transbordamento, excesso – a precisão de sua literatura é absoluta (navegar é preciso).

A única que está se derramando aqui sou eu.

5 de agosto de 2018

A arte de recusar um original

Não há como negar que um livro com o título *A arte de recusar um original* chama a atenção. Ainda mais se você faz parte do meio literário e conhece bem o monstro chamado "Não" que acompanha o início de carreira de todo escritor.

O livro traz um apanhado de cartas fictícias escritas por editores que fecharam as portas para um estreante. Cada editor com seu estilo: tem o agressivo, o conciso, o paranoico, o maternal, o sarcástico, o psicanalítico. O problema do livro é que ele começa engraçado, mas a piada logo se esgota e a leitura fica enfadonha, até porque algumas cartas são constrangedoramente simplórias. De qualquer forma, é uma boa ideia editorial e o autor, Camilien Roy, não é estreante, então não deve ter tido dificuldade em publicar essa obra.

Eu já tive a fantasia de trabalhar em uma editora para promover a carreira de talentos desconhecidos, mas, hoje, nem que me pagassem. Mesmo não sendo uma profissional desse ramo, recebo uma quantidade considerável de textos para avaliar, e é um transtorno.

Claro que fico honrada por me julgarem capaz de dar um empurrãozinho, mas continua sendo um transtorno, e explico por quê: 1) eu não posso fazer nada pelos textos bons que chegam, a não ser incentivar a pessoa a continuar escrevendo; 2) eu não tenho coragem de dizer "desista" para a maioria de textos ruins que recebo, e acabo enrolando; 3) eu posso estar enganada quando penso que um texto é ruim. Não esqueçamos que *Em busca do tempo perdido*, de Marcel Proust, foi recusado várias vezes, só para dar um exemplo entre tantos talentos que não foram inicialmente reconhecidos; 4) eu já escrevi textos fracos e estou aqui, não estou?

Meu editor não vai me perdoar, mas vou entregá-lo assim mesmo: coloquei meus primeiros poemas, lá nos distantes anos 80, à disposição da gaúcha L&PM. Os versos ficaram mofando numa gaveta por mais de um ano, até que me foram devolvidos – o que já é uma vitória, poderiam ter sido incinerados. Aí resolvi mostrá-los para uma editora de São Paulo, a maior do país na época, e acabei sendo lançada pela mesma coleção que publicava Paulo Leminski, Ana Cristina Cesar, Chacal, Cacaso e Caio Fernando Abreu. Foi só então que a L&PM me piscou o olho, estendeu a mão e hoje temos uma parceria de mais de vinte anos, com onze livros meus em seu catálogo. Mas, no início, o monstro do "Não" fez as honras da casa. Normal.

Hoje, além dos blogs que servem como meio de divulgação, existe uma coisa bacanísssima chamada oficina de literatura, onde o candidato a escritor exercita seu dom (caso o tenha) e recebe dicas preciosas de autores como

Assis Brasil, Charles Kiefer, Cíntia Moscovich e Fabrício Carpinejar, entre outros. É um início muito mais seguro do que ficar enviando original para editoras que talvez nem tenham tempo para ler seu trabalho ou então para colunistas que não entendem nada de nada e podem acabar cometendo o deslize de não reconhecer que você, vá saber, pode vir a ser um Proust.

Louca por loucos

Um dos meus livros preferidos chama-se *O que Keith Richards faria em seu lugar*, de Jessica Pallington West. É sério. Quando quero me desintoxicar do bom mocismo, abro uma página aleatória deste livro e me reconecto com o lado pulsante da vida. "O pulso ainda pulsa", têm nos lembrado os Titãs em sua turnê exitosa pelo país, mas os batimentos cardíacos do planeta andam fracos, as ideias parecem ter perdido o efeito "uau". O mundo encaretou uma barbaridade, e por isso trago Keith a essa sala de reunião em formato de crônica e o instalo na cabeceira. Keith Richards é não apenas guitarrista dos Rolling Stones, mas um filósofo contemporâneo, mesmo que se relute em chamar de filósofo quem empunhe uma guitarra e tenha passagens pela polícia. É justamente por Keith ter feito coisas que até o demônio duvida que ele virou uma lenda, um sobrevivente e uma referência – a gente aprende mais com quem visitou o inferno do que com colecionadores de selos.

Hoje ele é um avô amoroso que acorda todos os dias às sete da manhã e leva o lixo para fora, um deboche do destino em se tratando de alguém que se meteu em encrencas, bebeu, fumou, cheirou, destruiu alguns carros e teve uns dentes quebrados, causando mal nenhum a não ser a ele mesmo (bem diferente dos políticos com cara de anjo, especialistas em produzir miséria graças a uma delirante fixação pelo poder, e que a sociedade chama de excelentíssimos).

Prezo os bons exemplos e apoio todo ativismo que combata preconceitos, mas é preciso ficar atento para, ao tentar escapar da loucura, não ser cooptado pelas redes. Como aumentar sua autoconfiança, como melhorar o microbioma intestinal, como se vestir para uma entrevista de emprego, como preparar o melhor chá verde, como manter o foco através da meditação... Não se vê mais ninguém minimamente pirado e perdido.

Pirado e perdido não significa grosseiro e vulgar. Quando me atrevo a saudar os loucos, estou me referindo a *gentlemen* como os Titãs, Keith Richards e outros cavalheiros do apocalipse, mas cavalheiros, antes de tudo. Incluindo damas como Patti Smith (quem estiver sintonizando comigo vai adorar seu *Um livro dos dias*, composto só de fotos e legendas – uma versão mais poética e inebriante do que chamamos de "instagramável", pura delicadeza e nonsense).

Menos cérebro, mais instinto. Pensar demais não tem funcionado. O planeta bem que poderia voltar a ser rock'n'roll ("música do pescoço para baixo", como diz Keith). Prestar atenção nos que envelheceram sem tanto juízo e cuja "loucura" nem é tão louca. A gente apenas se acostumou a chamar assim para diferenciar daquilo que é chato – e como a lucidez anda chata, nem a minha aguento mais.

2 de julho de 2023

Caderno proibido

Entre os meus dezessete e 21 anos, colecionava cadernos. Neles, escrevia sobre tudo o que sentia, pensava e fazia. Período de paixões platônicas, início de faculdade, muito cinema e teatro alternativo, descoberta do sexo. Meu quarto na casa dos pais era um bunker onde eu escutava música e escrevia até tarde da noite. Depois escondia os cadernos no fundo de uma gaveta, embaixo das roupas, torcendo para que ninguém os encontrasse. Não havia neles a confissão de nenhum crime, a não ser o ato ilícito de questionar certos padrões que começavam a me asfixiar. Se alguém lesse, poderia se sentir magoado, mas eu precisava continuar escrevendo, de preferência sem sonegar minhas aflições. Foi quando me refugiei na poesia, criando meus primeiros versos – a literatura também é um belo esconderijo.

Valeria Cossati, no início dos anos 50, tinha um caderno ainda mais secreto. Mãe de um casal de filhos adultos e esposa exemplar de um homem sem graça, começou um dia a escrever sobre seu cotidiano banal, sobre a falta de perspectiva, sobre sua dedicação sem limites para a família. Aos poucos, esses desabafos foram revelando a raiva contida. Ela começou a enxergar com mais clareza as injustiças de uma sociedade que não dava à mulher o direito de buscar saídas para encontrar a si mesma. Escrevia em segredo, quando todos estavam dormindo, temendo o dia em que seu caderno fosse descoberto. Valeria é a personagem do livro *Caderno proibido*, da italiana Alba de Céspedes, que traz as divagações de uma mulher que, felizmente, hoje não precisa mais se torturar por possuir desejos "inapropriados".

Já não escrevemos à mão em diários ocultos, ao contrário: divulgamos em plataformas digitais tudo o que nos diz respeito, atingindo milhares de pessoas que nem conhecemos. É o inverso da discrição: nos recusamos a manter em privacidade o que, um dia, foi considerado assunto íntimo.

Saímos da submissão humilhante para a visibilidade desavergonhada. O livro de Alba de Céspedes confirma o quanto evoluímos na conquista da nossa liberdade. No entanto, o salto entre esses dois estágios é sempre doloroso. Estamos mais expostas, e apesar de ainda lidarmos com tentativas de dominação, não voltaremos para aquele lugar silencioso onde as moças educadas não piavam. Ainda assim, por mais atuantes e bem resolvidas, sempre haverá dentro de nós algo inaudito, secreto. Vontades que ainda nos parecem criminosas por terem uma essência egoísta: quantas mulheres conseguem pensar primeiro em si mesmas? Não é fácil ser 100% autêntica sem ofender a quem amamos.

Seja como for, é um salto que tem que ser dado, se quisermos que a nossa história continue a ser contada – às claras e sem culpa.

7 de agosto de 2022

O clube do filme

Até poucos dias atrás, David Gilmour, para mim, era o guitarrista e vocalista do Pink Floyd. Foi quando entrou na minha vida outro David Gilmour, escritor canadense que acaba de lançar *O clube do filme,* um livro em que ele conta uma história real que aconteceu dentro de sua casa.

David tem um filho chamado Jesse. Pois Jesse, aos dezesseis anos, não queria nada com os estudos. Era inteligente, mas totalmente desmotivado. Você conhece algum adolescente assim? Toque aqui. Mas duvido que você ou eu tivéssemos coragem de fazer o que o pai do Jesse, o David Gilmour escritor, fez. Percebendo que o garoto não tinha a menor perspectiva de terminar o colégio sem levar várias bombas sequenciais, David propôs: "Se quiser largar a escola, largue. Mas em troca, você terá que ver três filmes por semana – indicados por mim e na minha companhia. Ou isso, ou nada feito". O menino nem piscou. Topou no ato.

O pai então passou algumas noites em claro questionando sua própria atitude. Não estaria fazendo uma grande besteira? Temeu estar pavimentando o fracasso do filho, mas agora só restava ir adiante. E esse "ir adiante" é que faz do livro um vício: não se consegue largar antes do final.

Para quem gosta de cinema, é uma provocação. Simplesmente todos os filmes que vimos, e mais os que perdemos, são citados. Dá vontade de ler o livro dentro de uma locadora e ir enchendo um carrinho de mão com todos os DVDs disponíveis a fim de conferir cada cena que é comentada. Mas não se assuste: não é um livro para experts da sétima arte, dá para ler sem ser um Rubens Ewald. O bacana da história é a confirmação de algo que nós sabemos, mas nem sempre colocamos em prática: não se ajuda um filho a crescer por videoconferência, por relacionamento à distância. É preciso tempo compartilhado. E Gilmour faz valer esse tempo: à medida que Marlon Brando, Clint Eastwood, Sharon Stone, John Travolta e James Dean entram na sala de casa, vai se abrindo o leque para conversas sobre namoradas, drogas, música, dores de cotovelo, medos, virilidade.

Não é um livro didático nem moralista, longe disso. É terno, verdadeiro, engraçado e dispensa um *the end* cinematográfico, ainda que tudo acabe bem. É apenas a história de um pai que estava quase arrancando os cabelos por causa de um moleque indiferente com quem ele mal conseguia conversar, e que de repente arrisca uma via inusitada para se aproximar do garoto e ajudá-lo a amadurecer. Em todos os países em que o livro foi lançado, não houve uma debandada das escolas, portanto os professores podem ficar calmos, seus empregos estão garantidos. Mas há que se reconhecer que é sempre empolgante a gente confirmar através da literatura e do cinema (e, por que não dizer, através de guitarristas como o outro David Gilmour, que nada tem a ver com essa história) que a arte não serve apenas para nos divertir nas horas de folga, também nos prepara para a vida.

7 de junho de 2009

Budas ditosos

Quando *A casa dos budas ditosos* foi lançado, em 1999, li na imprensa que uma importante rede de supermercados havia vetado a venda dos livros em suas lojas em função do seu conteúdo pornográfico. Não sei se isso realmente chegou a acontecer, mas na época me pareceu uma estupidez sem tamanho. Pois agora, cinco anos depois de ter lido o livro, fui assistir no teatro à fenomenal Fernanda Torres no papel da baiana que narra suas façanhas sexuais, e chego à conclusão de que o texto de João Ubaldo (brilhantemente adaptado e dirigido por Domingos Oliveira) não merecia mesmo ser vendido em gôndolas ao lado de extratos de tomate. Deveria, isso sim, ser distribuído em universidades, virar tese de mestrado. É filosofia pura.

Pureza, aliás, é algo que relaciono diretamente com sexo. O que é sacanagem? É coisa totalmente diferente do que João Ubaldo descreve. Sacanagem é fazer a gente acreditar que o casamento é a única fórmula viável de relação e que desejos fora de hora devem ser reprimidos. É nos induzir a pensar que os bonitos e jovens são mais amados e que os que transam muito não são confiáveis. É difundir a ideia de que só há uma fórmula para ser feliz, a mesma para todos, e que os que escapam dela estão condenados à marginalidade. Ninguém nos conta que estas fórmulas muitas vezes dão errado, frustram as pessoas, são alienantes, e que poderíamos tentar outras alternativas menos convencionais.

Sexo não é sacanagem. Sexo é uma coisa natural e simples – só é ruim quando feito sem vontade. Sacanagem é outra coisa. É nos condicionarem a um amor cheio de regras e princípios, sem ter o direito à leveza e ao prazer que nos proporcionam as coisas escolhidas por nós mesmos (se você tiver a impressão de que já leu isso em algum lugar, não se espante, já tratei deste assunto em outra crônica que se chama justamente "Sacanagem", e que circula pela internet com título e autoria trocados).

Mas voltando ao *Budas ditosos*: ao final do espetáculo, o público aplaudiu em pé por vários minutos, entusiasticamente. O que se está aplaudindo? A atuação de Fernanda? O texto que muitos consideram simplesmente engraçado? A possibilidade de catarse? Isso tudo e algo mais. A maioria da plateia aplaude a chance de ver todas as suas fantasias expostas sem precisar levá-las a cabo. Aplaude a versão abafada de si mesmo, aplaude uma libertação temporária, aplaude a vida que secretamente gostaria de ter, mas que, pô, não pega bem.

Tudo é possível acontecer, mas nada é obrigatório que aconteça. Não precisamos fazer coisa alguma que nos perturbe, que nos violente. Mas já será um avanço se deixarmos de incentivar patrulhas e preconceitos retrógrados. Não vamos cair na cilada de achar que uma coisa é literatura e teatro, outra é a vida. É tudo a mesma coisa. Levemos nosso aplauso para a rua, para a liberdade de expressão, para o respeito às escolhas alheias. Tem muita gente que aplaude a arte, mas, em seu dia a dia, promove uma verdadeira caça às bruxas. Isso sim é que é obsceno.

13 de julho de 2005

A mulher feia

Não sou de gargalhar alto enquanto leio um livro, mesmo que eu esteja me divertindo. Sorrio por dentro. Uma das raras vezes em que me peguei rindo ruidosamente foi quando li *A mulher que escreveu a Bíblia*, de Moacyr Scliar. A narradora é uma mulher que se olha pela primeira vez no espelho aos dezoito anos e descobre que é feia. Feia não: medonha, asquerosa, repugnante. Mas boa de corpo e inteligentíssima, e é deste cérebro privilegiado criado por Scliar que sairão as tiradas impagáveis deste romance lançado em 1999.

Pois agora é a vez de Claudia Tajes lançar *A vida sexual da mulher feia*, um livro protagonizado por uma mulher de rosto inclassificável e com o agravante de ter um corpo repulsivo. Jucianara – que atende por Ju – nos conta sobre sua infância, adolescência e a dificuldade de arranjar namorado por causa dos atributos estéticos que lhe foram negados. É isso o livro, sem maiores pretensões, mas pelo menos em duas ocasiões, durante a leitura, eu tive que enxugar as lágrimas. Chorei de rir.

O Brasil é um país de mulheres bonitas. Podem não ser deusas, mas cada mulher tem algum atrativo:

boas pernas, um olhar penetrante, um sorriso sedutor – alguma coisa ela tem que agrada. Porém, adianta ter apenas alguma coisa? A pressão para ser linda é tanta que a gente acaba desvalorizando nossos autênticos atributos. Há aquelas que chegam ao exagero de comprar na clínica da esquina o que lhes falta: peitos, queixo, cabelo. Por quê? Porque elas se cobram desumanamente. Se comparam com o que veem nas revistas e deprimem. Ou são traumatizadas por terem sofrido bullying na infância. Quem já não foi gordinha, quem já não foi desengonçada, quem já não se sentiu o ó do borogodó numa festa, quem? É comum top models revelarem que, na época da escola, eram chamadas de tábua, magrela, estrupício. A feiura ronda todas, ao menos em alguma etapa da vida.

A excepcional Adélia Prado certa vez escreveu num poema: "ser bonita e jovem – um dos desejos mais fundos da minha alma". Marília Gabriela já disse algo como: "depois de uma certa idade, pouco me importa ser chamada de inteligente, eu quero é ser gostosa!". Ah, só uma mulher – inteligente, claro – para entender a provocação de Gabi.

Por tudo isso, ler sobre as desventuras das feias produz em todas as mulheres um secreto regozijo. Porque mesmo quem é bela acaba se reconhecendo em alguma paranoia ou frustração semelhante às que nasceram com um rosto, digamos assim, estranho. Não há quem já não tenha sido preterida por uma amiga mais exuberante, ou mais jovem, mais magra, mais loira. Óbvio que sempre valorizaremos o que realmente interessa:

massa cinzenta e caráter, mas estou para encontrar uma mulher que não dê bola para sua aparência. O bom é que a gente consegue se divertir com o assunto, já que sofrer por causa disso, nem pensar: além de inútil, nos deixaria com o aspecto abatido e cheias de olheiras.

13 de novembro de 2005

Prós e contras da ponderação

Quando eu era menina, uma das músicas que mais tocava no rádio dizia: "Não confie em ninguém com mais de trinta anos". Foi gravada pelos irmãos Marcos e Paulo Sérgio Valle, que compuseram outros tantos sucessos.

Eu adorava esta música, porém ela me deixava apreensiva, já que eu não achava muita graça em ser criança, o mundo adulto é que me atraía: não via a hora de crescer. Era uma má notícia descobrir que, ao atravessar a fronteira rumo à maturidade, eu deixaria de ser confiável.

Lembrei desta música dia desses, quando conversava com uma amiga sobre as relações humanas e nossas escolhas. Fizemos um breve retrospecto da nossa vida até o presente momento e chegamos à conclusão de que estamos bem. Nosso currículo é composto por diversas tarefas bem-feitas. Formamos nossas famílias, temos afetos que nos são sagrados, não chegamos até aqui em vão. Passamos dos trinta – na verdade, passamos dos quarenta – e o balanço é positivo, as pessoas podem tranquilamente comprar nossos carros usados. Somos confiáveis. Confiáveis até demais.

Não somos dois ou três, somos muitos. Homens e mulheres que estão na meia-idade e que, ao refletir sobre sua trajetória, descobrem que agiram certo na maioria das vezes. Transformaram-se em cidadãos responsáveis, sensatos, zelosos de suas conquistas. Li uma frase no livro *Uma desolação*, de Yasmina Reza, que traduz exatamente o que nos acontece. "Quando deixamos de ser jovens, trocamos paixão por ponderação". Ela não abençoa esta troca: "É um crime".

Eu pondero, tu ponderas, nós ponderamos. Procuramos evitar aquilo que tumultuaria nosso morno e satisfatório bem-estar. Atravessamos as horas como reza a cartilha. Mas se tudo está em seu devido lugar, por que tomamos tanto remédio para dormir, por que choramos no escuro do cinema, por que insistimos em ler manuais de autoajuda, por que às vezes nos falta ar embaixo do chuveiro?

Talvez porque a gente sinta um misto de culpa e inocência. Estamos agindo certo sem saber onde o certo nos levará, se para o céu ou para uma úlcera. Existem dias – e só confessamos isso para o terapeuta ou para o melhor amigo – em que gostaríamos de sumir no mundo, abandonar todos os afetos que nos são sagrados, todo o nosso currículo de tarefas bem-feitas, e ficar à disposição do imponderável, dos impulsos, do incerto. Como ficávamos quando tínhamos bem menos idade que agora.

Creio que foi isso que Marcos e Paulo Sérgio Valle quiseram transmitir com sua música. Confiar em quem segue obstinadamente todas as regras pode ser seguro e pode não ser. Há alguma maluquice em quem jamais foge do asfalto, jamais improvisa outro caminho. Há algo de estranho em quem aceita ficar refém de tudo o que construiu. Há um não sei quê ameaçador em quem é tão controlado, tão obediente, tão ponderado. Talvez não devêssemos mesmo confiar cegamente em quem renunciou à paixão em troca da ponderação, pois uma pessoa capaz de uma atrocidade dessas consigo próprio pode ser capaz de coisa muito pior.

12 de dezembro de 2004

Livrarias, um caso de amor

As livrarias mais encantadoras nasceram do sonho de alguém. Não deixam de ser um negócio, claro, mas foram concebidas, antes de tudo, como realização de um projeto pessoal, uma declaração de amor à cidade onde abriram suas portas. Tornaram-se reais através do desejo de se ter um lugar para fugir do que é hostil e estéril. São livrarias idealizadas mais pela inocência do que pelo calculismo.

Livraria de verdade precisa ter o cheiro do tempo. Não pode ter iluminação hospitalar. Nem muito espaço para caminhar. É preciso que o cliente se esgueire entre as estantes, esbarre em preciosidades, tropece em edições de vinte anos atrás. Chão de porcelanato não é bom sinal. Queremos madeira, pisos cerâmicos, tapetes gastos. Livrarias que honram seu nome precisam dedicar-se à arte de acolher, e seu compromisso com a assepsia pode ser flexível. Ninguém vai morrer se houver um pouquinho de poeira, o que são dois ou três espirros?

As livrarias da minha imaginação têm claraboia, abajures, plantas, um gato preguiçoso, poltronas, escadas misteriosas, aroma de café, jazz ao fundo, empregados bem idosos e jovens estudantes. E têm, você não vai acreditar: livros. Não apenas os últimos lançamentos e best-sellers. Livros! Livros desabando sobre nossas cabeças, empilhados nos cantos, desalinhados nas prateleiras, livros em idiomas diversos, livros que você um dia não pôde comprar por não ter dinheiro (faz de conta que hoje tem), livros difíceis de encontrar, livros que acabaram de sair da gráfica, livros de autores que já morreram (mas que nunca morrerão), livros clássicos e revolucionários, livros bons, livros ótimos e os fenomenais.

De onde saiu essa nostalgia toda? Foi despertada pela história de Sylvia Beach, que fundou a icônica Shakespeare and Company nos anos 20 do século passado, em Paris (décadas antes de a loja ser transferida para as margens do Sena e ter virado o ponto turístico que é hoje). A despeito das facilidades digitais, você também ama livrarias? Então, leia *A livreira de Paris*, de Kerri Maher. É uma viagem. Espirrei algumas vezes e fui muito feliz durante a leitura.

Daqui até o fim do ano percorrerei eventos literários Brasil afora para lançar minha nova coletânea de crônicas, o que sempre dispara meus batimentos cardíacos. Na próxima quarta-feira, dia 30, autografarei *Conversa na sala* em uma das minhas livrarias preferidas do Rio de Janeiro, a Travessa, em Ipanema, com seu chão de azulejos portugueses, mesão de madeira ao fundo, poltronas de couro, funcionários que entendem do ramo e uma clientela de fé. Se você estiver por perto, te vejo lá às 19h, para as selfies invariáveis e para fugirmos juntos do que é hostil e estéril.

27 de agosto de 2023

Bendito incômodo

Acabei de escutar uma música, gravada por amigos meus, que fez muito sucesso há uns trinta anos. Não vou dizer o nome deles nem da canção, pois estamos em fase de intensa patrulha e os rapazes são muito talentosos e gente boa, não merecem agressões retroativas. Tenho certeza de que hoje eles não comporiam dois versos que soavam engraçados tempos atrás, mas que agora doeram nos meus ouvidos – claro que estou falando sobre machismo.

Já soube de escritor que está reescrevendo o próprio livro, publicado há vinte anos, para relançá-lo numa versão politicamente correta. Se olharmos para trás, encontraremos inúmeras obras racistas, machistas e homofóbicas que não nos incomodavam tanto (Monteiro Lobato e suas alusões à tia Anastácia é o exemplo mais notório), mas que hoje não resistiriam a uma boa grita.

Eu mesma escrevi bobagens que não repetiria (nada como cometer erros novos), porém acho inútil reescrever, regravar, revisar o que já foi publicado e divulgado. São registros de uma época que passou e que hoje têm ao menos esta serventia: incomodar. Quando a gente se sente incomodado com algo que antes não nos abalava, é sinal de que nossa consciência avançou.

Falo por mim. Até alguns anos, não achava necessária a revitalização do movimento feminista, acreditava que o caminho da nossa independência e emancipação estava pavimentado e que o tempo trataria de ajustar o que faltasse. Equivocadíssima. Os anos 50 e 60 foram cruciais para a mulher entrar no mercado de trabalho e conquistar sua liberdade sexual, mas foi só um (gigantesco) primeiro passo. Ainda temos chão a trilhar. Os altos índices de feminicídio não são mimimi, eles justificam os movimentos que vêm eclodindo no mundo todo. Sob efeito do arrebatador vídeo das chilenas (*El violador eres tú*), recomendo dois livros: *O homem infelizmente tem que acabar*, da irônica e divertida Clara Corleone, que sem rodeios inaugura um novo normal, e *Mulheres empilhadas*, da veterana Patrícia Melo, que também coloca o dedo na ferida e mostra que não há exagero nem vitimismo quando o assunto é violência contra a mulher. Uma de forma leve, outra de forma dramática, ambas as leituras – agradáveis, modernas, sem nenhum ranço – nos guiam rumo a uma sociedade mais igualitária. Mostram como funciona o sutil rebaixamento da mulher, que acontece todo dia, em detalhes quase imperceptíveis. E abrem nossos olhos, a fim de educarmos melhor nossas filhas e, principalmente, nossos filhos – os novos homens que estamos colocando no mundo.

Incomodam? Bendito incômodo.

8 de dezembro de 2019

Adeus ao machão

Enquanto dois ex-ídolos do futebol eram condenados à prisão por crimes sexuais (fora do estádio também existe juiz e o cartão vermelho é vitalício), me caía em mãos um livro que debate esta questão inadiável: que espécie de "macho" ainda estamos entregando para a sociedade.

Logo eu conto que livro é este. Antes, o assunto.

Padrões de raça e gênero estão sendo redefinidos. Mulheres negras ocupam posições de destaque, modelos cheinhas desfilam nas passarelas, capas de revista estampam damas grisalhas. A desconstrução do protótipo "loira, magra e jovem" está encaminhada e conquistas começam a ser percebidas. Hoje, quando nasce uma menina na família, já se sabe que ela poderá ser artilheira da seleção, uma cientista da NASA, presidente do país, especialista em churrasco, ser mãe ou não ser mãe. O que ela quiser, do jeito que quiser. Seu universo expandiu.

Por outro lado, nasce um menino e os pais ficam como? Perplexos. O mundo encolheu para os homens, privilégios estão se perdendo. O que funcionava antes (violência, prepotência) não funciona mais. Os novos homens terão que externar seus sentimentos, conviver de igual para igual com suas parceiras, assumir sua parte nos cuidados com a casa e com os filhos. É um desafio colossal, que põe por terra o que eles tinham como diretriz indiscutível: ser homem é não ser como uma mulher.

"Seja macho", diz o pai para o menino que volta arranhado da escola, "vá lá e dê o troco". "Seja macho", diz o avô para o neto: "se a guria te deu mole, não decepcione". Tradução de "seja macho": ataque!

Essa insanidade precisa ter fim. "Não quero abraço de macho", disse um molequinho de três anos a um amiguinho de dois. É chocante. A cena foi testemunhada por Marina Speranza, autora do livro *Educar meninos não é frescura*.

Marina é brasileira, vive em Barcelona e é mestre em Gênero e Políticas de Igualdade pela Universidade de Valência. Atenta aos descompassos pedagógicos, escreveu um livro leve, rico em referências e com reflexões necessárias para ajudar a sociedade a virar a chave. Os meninos e adolescentes merecem amparo, não podem ser jogados neste novo mundo com uma educação obsoleta e ainda tão agressiva. Tem garoto de dez anos já sofrendo de gastrite. Por medo de dizer o que sente, medo de desapontar os pais, medo de ser rechaçado pelos outros garotos se não for valentão.

Editoras, olho na Marina. Ela fez nascer esse livro com recursos próprios, tal era a gana de colocar o tema em pauta. Estamos atrasados. Passou da hora de acabar com a misoginia e com o falso heroísmo do macho sem coração. Só assim reduziremos os índices de feminicídio, estupros e outras selvagerias. Não adianta revolucionar estereótipos historicamente ligados à mulher se os homens continuam habitando as cavernas.

31 de março de 2024

Cara de escritor

Sou discreta, mas às vezes é impossível deixar de ouvir o que se passa na mesa ao lado, em um restaurante. Eram dois casais. Uma das mulheres falava alto e era nova no grupo. Assim que foi apresentada aos outros, perguntou ao homem que não conhecia: "Você é psiquiatra, não é?". Ele respondeu que não, era joalheiro. E ela: "Ah, criatura, você tem uma cara de psiquiatra...".

Lembrei de uma vez em que estava participando de uma sessão de autógrafos, quando uma leitora olhou para mim com o maior desapontamento: "Você não tem cara de escritora". Total razão. Escritoras têm um ar enigmático, um olhar melancólico, pouca queda para sorrisos. Patricia Highsmith, Hilda Hilst, Clarice Lispector, Virginia Woolf, elas sim correspondiam ao estereótipo. Hoje, as escritoras fazem escova nos cabelos, gostam de moda e se a cara está amarrada nas fotos é para fazer charme, pois passando fome não estão. Outro dia, ganhei de presente o livro de uma poeta mineira que eu não conhecia. Ela já havia mandado por e-mail alguns versos. Densos, maduros. Aí fui olhar sua foto no livro e me deparei com uma menina de batom vermelho, com um bocão aberto de orelha a orelha e um casaco de gola de pele. Um look totalmente Beverly Hills. Me flagrei preconceituosa, achando que a avaliação que eu tinha feito de seus poemas talvez estivesse equivocada, o rosto dela não combinava com seus versos. Armadilhas da vida. A tendência é confiarmos apenas em expressões atormentadas, olhares profundos. Por quê? Porque os escritores têm esta cara, ora.

Imagine um rosto de homem. Homem sério. Cinquentão, ou mais. Entradas no alto da cabeça. Bem grisalho nas têmporas. Sobrancelhas espessas. Agora tire uma foto em preto e branco deste sujeito que segura seus óculos de grau em uma das mãos e com a outra apoia a testa, e repare: é um dublê do Loyola Brandão, do Cony, do Saramago, do Milton Hatoum, do Ernesto Sabato, do Rubem Fonseca. Uma foto destas estampada na contracapa é uma garantia de que você tem em mãos um livro escrito por um especialista, e não por um aventureiro cheio de espinhas no rosto e cara de quem trabalha atrás de um balcão de bar.

Eu queria ter cara de escritora. Já fiz foto com mão apoiada no queixo, mas não ficou enigmático. Já fiz foto carrancuda, mas isso não revelou minhas angústias existenciais, apenas minha falta de jeito diante de uma câmera. Eu uso gloss. Gosto de sorrir. Faço escova. Desgraça: falta amargura nas feições que me confira densidade literária.

7 de maio de 2012

A separação como um ato de amor

É sabida a dor que advém de qualquer separação, ainda mais da separação de duas pessoas que se amaram muito e que acreditaram um dia na eternidade deste sentimento. A dor de cotovelo corrói milhares de corações de segunda a domingo – principalmente aos domingos, quando quase nada nos distrai de nós mesmos – e a maioria das lágrimas que escorrem é de saudade e de vontade de rebobinar os dias, viver de novo as alegrias perdidas.

Acostumada com esta visão dramática da ruptura, foi com surpresa e encantamento que li uma descrição de separação que veio ao encontro do que penso sobre o assunto, e que é uma avaliação mais confortante, ao menos para aqueles que não se contentam em reprisar comportamentos padrões. Está no livro *Nas tuas mãos*, da portuguesa Inês Pedrosa.

"Provavelmente só se separam os que levam a infecção do outro até os limites da autenticidade, os que têm coragem de se olhar nos olhos e descobrir que o amor de ontem merece mais do que o conforto dos hábitos e o conformismo da complementaridade."

Ela continua:

"A separação pode ser o ato de absoluta e radical união, a ligação para a eternidade de dois seres que um dia se amaram demasiado para poderem amar-se de outra maneira, pequena e mansa, quase vegetal."

Calou fundo em mim esta declaração, pois sempre considerei que a separação de duas pessoas precisa acontecer antes do esfacelamento do amor, antes de iniciarem as brigas, antes da falta de respeito assumir o comando. É tão difícil a decisão de separar que vamos protelando, protelando, e nesta passagem de tempo se perdem as recordações mais belas e intensas. A mágoa vai ganhando espaço, uma mágoa que nem é pelo outro, mas por si mesmo, a mágoa de reconhecer-se covarde. E então as discussões se intensificam e quando a separação vem, não há mais onde se segurar, o casal não tem mais vontade de se ver, de conversar, querem distância absoluta, e aí configura-se o desastre: a sensação de que nada valeu. Esquece-se o que houve de bom entre os dois.

Se o que foi bom ainda está fresquinho na memória afetiva, é mais fácil transformar o casamento numa outra relação de amor, numa relação de afastamento parcial, não total. Se o casal percebe que estão caminhando para o fim, mas ainda não chegaram no momento crítico – o de tornarem-se insuportavelmente amargos –, talvez seja uma boa alternativa terminar antes de um confronto agressivo. Ganha-se tempo para reestruturar a vida e ainda se preserva a amizade e o carinho daquele que foi tão importante. Foi, não. Ainda é.

"Só nós dois sabemos que não se trata de sucesso ou fracasso. Só nós dois sabemos que o que se sente não se trata – e é em nome deste intratável que um dia nos fez estremecer que agora nos separamos. Para lá da dilaceração dos dias, dos livros, discos e filmes que nos coloriram a vida, encontramo-nos agora juntos na violência do sofrimento, na ausência um do outro como já não nos lembrávamos de ter estado em presença. É uma forma de amor inviável, que, por isso mesmo, não tem fim."

É um livro lindo que fala sobre o amor eterno em suas mais variadas formas. Um alento para aqueles – poucos – que respeitam muito mais os sentimentos do que as convenções.

12 de março de 2006

Ainda sobre separação

A crônica do domingo passado, "A separação como um ato de amor", resultou em inúmeros depoimentos de leitores. Muitas pessoas me escreveram dizendo que adorariam ter se separado de uma maneira cordial, não violenta, mas que infelizmente não havia sido assim com eles. Outros disseram que conseguiram chegar a um consenso e manter a amizade e o afeto, tal qual foi descrito no texto. Outros ainda disseram que vivem casados e felizes há quarenta anos e esperam jamais precisar passar por um divórcio. O que importa é que em todos os e-mails encontrei doçura e boa vontade para viver relações mais civilizadas, que possibilitem uma ruptura menos traumática, no caso de um dia ela ser necessária.

Estava tudo assim cor-de-rosa quando entrou o e-mail de uma mulher de uns trinta anos dizendo que separação amigável é conversa para boi dormir. Ex-marido ou ex-mulher é sempre uma pedra no sapato. Que o máximo que podemos fazer é tolerá-los em situações em que não haja outra saída. Era um e-mail furioso e, por isso mesmo, engraçado, o que me fez lembrar imediatamente de um livro que acaba de ser lançado e que, em vez da visão poética e afetiva do *Nas tuas mãos*, de Inês Pedrosa, que me serviu de gancho para a primeira crônica, traz uma visão mais ácida do assunto. Ácida, hilária e, também, muito verdadeira, porque não existe uma verdade única sobre o tema. O título: *O diabo que te carregue!*, da ótima Stella Florence.

Stella não esconde de ninguém que noventa por cento do que relata no livro aconteceu com ela. Então misture um depoimento biográfico com pitadas de um humor selvagem e um texto superbem escrito e eis uma obra que será excelente companhia para quem estiver passando pelo desgaste de uma separação, ou já passou, ou desconfia de que vai passar. Riso e reflexão: tem dobradinha melhor para quando se está arrancando os cabelos e vivenciando um *apocalipse now*?

Em *O diabo que te carregue!*, o casal não acaba junto, óbvio. Mas apesar de todos os destemperos, mágoas, acessos de fúria, solidão, discussões sobre dinheiro, sobre filhos, raivas contidas e raivas extrapoladas, nota-se que o ex de Stella sobreviveu muito bem ao cataclismo, tanto que é ele quem escreve o prefácio. É ou não é um mundo civilizado?

Só não é mais civilizado porque a maioria das pessoas ainda se rende muito facilmente ao script que nos entregam no berço, sem bolar outras formas de ser feliz – e até outras formas de ser infeliz. Se todo mundo diz que separação é, obrigatoriamente, um colapso de consequências trágicas, lá vamos nós nos comportar como se estivéssemos vivendo as tais consequências trágicas, quando talvez estejamos apenas temendo a liberdade a qual nos desacostumamos, mais nada.

Claro que toda separação é um angu, mas há maneiras e maneiras de se lidar com ela. Uns aceitam a tristeza como algo inevitável, temporário e enriquecedor, outros transformam sua dor em uma catarse coletiva em que o humor e a inteligência vencem no final. Qual destes roteiros é mais realista? Eu diria que tudo é real, transitório e reversível. Assim como um casamento pode não dar certo, uma separação também pode não dar certo. Não é uma ideia alentadora? Gente, nossa separação não deu certo, volta tudo como era antes.

Melhor do que se preocupar com um *happy end* ou com um *unhappy end* é desejar que tudo tenha uma continuidade, estejamos sós ou acompanhados. O livro da Stella é mais ou menos isso: uma caminhada cheia de contratempos até descobrir com alívio, lá no fim, que não há fim, a vida segue.

19 de março de 2006

A nudez de Rita Lee

Abri a primeira página da autobiografia de Rita Lee e não parei mais, a ponto de esquecer da vida. Em meio ao terremoto da Nova Zelândia, minha filha, que mora lá, me chamou pelo WhatsApp e eu, alienada: "Só um pouquinho, Julia, deixa eu terminar esse capítulo e já já falo contigo". Esse tal de roquenrou contamina.

Tenho um fraco por biografias escritas pelo próprio biografado. Nada se compara à fluidez da "primeira pessoa", essa gentil narradora do próprio caos, com vista privilegiada para tudo o que aconteceu. Ainda mais se tratando de uma "primeira pessoa" tão desprendida e sem censura – quem passou boa parte da carreira tendo que prestar esclarecimentos para dona Solange (personagem emblemática da ditadura) não iria se policiar na hora de mostrar o que há por trás das cortinas. Rita Lee conta tudo com a maior desfaçatez e graça. Dá nome aos bois. Faz lavagem de roupa suja. Dá os créditos a quem merece. Faz um registro sincero das incontáveis vertigens de sua montanha-russa particular: estão lá todos os altos e baixos. Os baixos narrados sem autocomiseração ou culpa, os altos contados sem vaidade ou presunção.

É a história como de fato foi, sem esconder nada (se escondeu, melhor a gente não saber).

Durante a leitura, lembrei com saudade da Rê Bordosa, personagem maluca e apaixonante criada pelo cartunista Angeli. Que fim levou a rebeldia?

Em uma das passagens do livro, Rita Lee diz que uma vez a convidaram para sair pelada numa revista masculina, e ela respondeu que faria as fotos, sim, mas com três condições: vestida de freira, sem óculos e sem franja. Era sua ideia de nudez.

Ligeira e espirituosa, Rita nunca perde ocasião para sair em defesa da sua identidade – de todas elas. A revista não havia se dado conta de que nunca houve mulher tão despida entre nós, tão francamente exposta – posar nua pra quê? Rita fez o que quis, e fez de diversos jeitos. Agiu certo, agiu errado, pagou por algumas mancadas, não deixou conta pendurada e agora, sim, entrega o striptease tão sonhado por seus fãs, ao som de sua própria canção: "Qual é a moral? Qual vai ser o final dessa história? Eu não tenho nada pra dizer, por isso digo. Eu não tenho muito que perder, por isso jogo. Eu não tenho hora pra morrer, por isso sonho".

Mergulhada numa banheira de espuma, com um copo na mão, ela é Rê Bordosa, Erva Venenosa, Miss Brasil 2000, meio Leila Diniz e totalmente Rita Lee: uma gata ainda gastando suas sete vidas.

17 de novembro de 2016

Divas abandonadas

Ainda não tive tempo de ler o livro, mas o assunto já entrou no meu dia a dia através de conversas e solicitações de opinião para programas de tevê. *Divas abandonadas*, da jornalista Teté Ribeiro, traz o perfil de sete ícones do século XX: Marilyn Monroe, Jackie Kennedy, Maria Callas, Tina Turner, Ingrid Bergman, Sylvia Plath e princesa Diana, mulheres que, em comum, tinham projeção, charme e amores tumultuados. A pergunta que tem sido feita: por que mulheres bem-sucedidas em suas atividades públicas costumam amargar o insucesso em suas vidas privadas?

Bom, há muita coisa para se debater a respeito. Para começar, o que é insucesso no amor? Tina Turner levava uns tabefes do seu marido e parceiro musical Ike Turner. Marilyn se casou três vezes e teve alguns amantes antes de cometer suicídio aos 36 anos. Diana se casou com um príncipe que amava outra e depois se meteu com uns sujeitinhos que vendiam para os tabloides os detalhes de sua intimidade. Quem está livre de cruzar com um cafajeste e, pior, se apaixonar por ele?

Ainda assim, resisto em embarcar na história de que mulheres poderosas possuem mais chances de serem infelizes no amor. Vai depender do quanto o amor é realmente prioritário em suas vidas.

E mais: ser feliz no amor não significa, obrigatoriamente, se casar, ter filhos e comemorar bodas de ouro. Talvez todas as divas do livro tenham sonhado com isso em algum momento, mas, tivessem concretizado este sonho, não há garantia nenhuma de que seriam mulheres mais realizadas. Todas elas tinham uma rotina dinâmica, eram cercadas de muitas pessoas e de muito estímulo social, artístico e intelectual: fugiam à regra das mulheres comuns. Um casamento convencional talvez amortecesse sua natureza inquieta.

Quando analisamos a vida de celebridades, incorremos numa série de especulações e fantasias. Por um lado, acreditamos que por elas serem pessoas lindas e ricas têm o dever de serem igualmente bem-sucedidas em suas relações amorosas, para fechar o círculo da perfeição absoluta. Elas personificam um ideal. Quando não cumprem com a expectativa que depositamos nelas, ficamos inseguros. Se pessoas tão especiais não conseguem ser amadas, o que dirá nós, que temos celulite, barriga, dinheiro contado e um dente torto?

E há os que, numa análise diametralmente oposta, vibram com a instabilidade emocional dos VIPs, acham justo que se pague um preço pela fama. O sujeito é dono de uma Ferrari, mas não consegue uma mulher que o adore pelo que ele é, só pelo que tem. A mulher é a gostosa do século, mas não emplaca uma relação estável que dure mais de seis meses. Nós, ao menos, somos felizes no amor, né, bem?

Não há nada de errado com a vida dos outros. Nem nada de muito certo. Não há uma regra que valha para todos os artistas, ou todos os dentistas, ou todos os frentistas. Marilyn nunca ficou casada mais do que quatro anos, já Sophia Loren emendou cinquenta anos com o produtor Carlo Ponti. Diana não se adaptou à monarquia, já Grace Kelly viveu como princesa de Mônaco por 27 anos, até falecer num acidente. Se eram felizes essas que mantiveram seus casamentos por mais tempo? Vá saber.

Em suma, não deve ser fácil construir uma relação perene tendo um cotidiano tão frenético: o amor necessita de dedicação. Aliás, não anda fácil construir uma relação perene tendo qualquer cotidiano. A diferença entre nós e as divas é que a vida delas está na vitrine, para julgamento. As dores da gente ficam entre quatro paredes.

2 de setembro de 2007

Dupla falta

O belo texto do mineiro Rubem Alves sobre as diferenças entre o tênis e o frescobol (usadas como metáforas para o casamento) é tão conhecido que não seria absurdo supor que foi nele que a americana Lionel Shriver se inspirou para escrever seu recente lançamento, *Dupla falta*. Se não foi, é um caso de feliz coincidência, ainda que de feliz sua obra não tenha nada.

A história do livro é razoavelmente simples: o encontro amoroso de uma tenista obstinada em subir posições no ranking com um tenista de talento mediano que vê o tênis apenas como um hobby. Ambos se apaixonam, se casam e a partir daí o leitor se torna espectador de um texto que funciona como um jogo de final de campeonato, com cenas de alta-tensão e competitividade extrema. E, como todos sabem, tensão e competitividade combinam com amor tanto quanto cacos de vidro combinam com bebês.

Vibrar com o acerto do outro e pedir desculpas quando se erra: eis uma "relação frescobol", em que o que interessa é manter a bola em jogo, com ambos se sentindo vencedores pelo simples fato de manterem o entendimento e a sincronia até o término da partida.

Não é o que se vê no livro.

Willy foi uma menina que aos cinco anos decidiu que seria a melhor tenista do planeta, e não fez outra coisa na vida a não ser lutar pelo seu lugar no pódio. Eric, por sua vez, cresceu fazendo de tudo um pouco, e quando resolve se aventurar no tênis, acaba conquistando posições que a esposa sempre almejou. Logo ele, que nunca quis nada com as raquetes. Quem esse diletante pensa que é para realizar um sonho que nunca foi dele, e sim dela?

O livro escancara traumas de infância, obsessões delirantes e a deterioração que o fracasso pode provocar em alguém que se leva a sério demais. Willy não tem um marido, e sim um adversário. E um adversário muito superior, não por ser melhor tenista que ela – não é – mas por dominar as regras do jogo da vida, que Willy nunca aprendeu.

A autora Lionel Shriver, que já tinha deixado o mundo literário de queixo caído com seu implacável *Precisamos falar sobre o Kevin*, mais uma vez desnuda a perversidade escondida onde menos se espera: dentro das relações mais íntimas e nobres. Os diálogos do livro são voleios ferozes, brutais. De certa forma, traduzem a sociedade atual, que exalta o sucesso como a única alternativa de existência, deixando todas as demais no limbo. Na impossibilidade de lutarmos contra nossas fraquezas, resta-nos a baixeza maior: nos alegrarmos com a derrota alheia.

O livro confirma que a diferença entre ser um vencedor e um perdedor não está relacionada nem ao sucesso, nem ao fracasso.

24 de julho de 2011

Na real

Quando falo sobre minha atividade como escritora, alguns me julgam modesta, mas de modesta não tenho nada. O que tenho é uma maneira muito própria de encarar meu trabalho. É uma aventura, uma sorte, uma oportunidade, nada além.

Como o estrelismo anda em alta, acabo passando por humilde, mas lendo o livro *Grande magia*, de Elizabeth Gilbert, encontrei alguém que conhece a realidade do que é ser um artista.

Elizabeth é autora de vários livros, entre eles o best-seller *Comer, rezar, amar.* Está lançando agora *Grande magia – vida criativa sem medo*, em que relata sua trajetória profissional e dá uma situada sobre como a coisa funciona.

Assumidamente autoajuda, o livro incentiva o iniciante a não ter medo de ser rejeitado, medo de parecer narcisista, medo de que todo mundo já tenha feito melhor que ele, medo de não ter talento, medo de magoar os parentes, medo de não fazer sucesso. Comece logo, ordena ela. Criar é para os corajosos.

E faz um lembrete importante: não busque a originalidade. Pois é, tenho batido nessa tecla nos eventos literários em que participo, mas Elizabeth Gilbert é mais famosa que eu, então ouça o que ela diz: "A maioria das coisas já foi realizada – mas ainda não foram realizadas por *você*". Ou seja, troque originalidade por autenticidade. Faça do seu jeito e veremos o que acontece.

Pode acontecer nada. Sua arte provavelmente não será importante para os outros. Assim é. Você não veio ao mundo para salvar ninguém. Apenas faça aquilo que sabe e que lhe dá prazer. Se for bom, o resto virá por consequência. Se não for bom, ao menos você apostou. É o que somos todos: apostadores.

A certa altura, ela reproduz no livro uma resposta que Werner Herzog deu a um cineasta independente que se dizia incompreendido, esnobado, preterido, injustiçado e pobre: "O mundo não tem culpa de você ter decidido ser artista. Não é tarefa do mundo gostar dos filmes que você faz, e sem dúvida, ele não tem nenhuma obrigação de financiar seus sonhos. Ninguém está interessado. Se precisar, roube uma câmera, mas pare de reclamar e volte ao trabalho".

O problema é que ninguém quer ser reconhecido apenas como um criador disciplinado e meia-boca. As pessoas sonham em se transformar em ícones. Ou um Fernando Meirelles, ou nada. Ou uma Adélia Prado, ou nem vale iniciar. Se os Paralamas conseguiram, por que não você?

Melhor reduzir as expectativas. O sucesso é um acidente. Simplesmente entre no jogo e pratique muito.

Utilize seus momentos de ócio, pois durante o horário comercial será preciso dedicar-se a uma profissão que lhe sustente. Ser artista não é sua profissão. Provavelmente nunca será. E daí? Você não quer se divertir?

Se esse for o real propósito, aí sim, a tal magia pode acontecer.

25 de outubro de 2017

Povoar a solidão

Ela é de que tamanho? Difícil encontrar alguém que tenha uma solidão pequena, ajustada, do tipo baby look. Geralmente a solidão é larga, esgaçada, poderia vestir outros corpos além do nosso. É sempre com outros corpos que tentamos preenchê-la, mas não é só disso que ela precisa.

Se nossa solidão pudesse ser visualizada, ela seria um vasto campo abandonado, um estádio de futebol numa segunda-feira de manhã. Dói, mas tem sua poesia. Talvez seja por aí que devamos iniciar sua ocupação. No reconhecimento do que há de belo na sua amplitude e na sua capacidade de nos deixar perplexos. É muito espaço para o vazio.

A solidão, no fundo, não quer ser aniquilada: quer ter um sentido. Quer fazer de si própria uma referência. Eu não saberia dizer que outra coisa mais benéfica para isso do que livros. Uma biblioteca com mil volumes é um exército que não combate a solidão, mas a ela se alia.

A solidão costuma ser tratada como algo deslocado da realidade, como um tumor que ataca um órgão vital, um invasor, um inimigo. Ah, se todos os tumores pudessem ser curados com amigos. Uma pessoa que não fez amigos não teve pela sua vida nenhum respeito. Nossa solidão é nossa casa e necessita abrir horários de visita, precisa hospedar. Convidar para o almoço, mostrar que cozinha com afeto, que gosta de louça bonita, que sabe arrumar uma mesa. Revelar-se uma solidão anfitriã, que é paciente e gosta de ouvir as histórias das solidões dos outros, já que todos possuem seus descampados.

A solidão não precisa se valer apenas do monólogo. Pode aprender a dialogar, e deve exercitar isso com a arte. Há sempre uma conversa silenciosa entre o ator e o sujeito na plateia, entre o pintor e o visitante do museu, entre o escritor e quem segura o livro. Ah, os livros, de novo. De todos os inquilinos da solidão, são eles os mais anárquicos, os mais barulhentos. Leia, e seu silêncio ganhará voz.

A solidão, ninguém pode negar, sempre fica com os melhores papéis nos filmes. É imbatível na sua afetação. Acende um cigarro no escuro, bota um disco dilacerante e aguarda pelas lágrimas. Já fizemos esta cena num final de noite de domingo e nossos espelhos serviram de câmera, já que a solidão sempre foi fotogênica. Às vezes é bom brincar de cinema quando estamos sozinhos, sem esquecer que a solidão estará ali amanhã e depois de amanhã, deixando de ser charmosa e precisando ir com você ao supermercado. Suporte-a com bom humor ou com mau humor, mas não a despreze.

Permita que sua solidão seja bem aproveitada, que ela não seja inútil. Não a cultive como uma doença, e sim como uma circunstância. Em vez de tentar expulsá-la, habite-a com espiritualidade, estética, memórias, inspiração, percepções. Não será menos solidão, apenas uma solidão mais povoada. "Quem não sabe povoar sua solidão também não saberá ficar sozinho em meio a uma multidão", escreveu Baudelaire.

Os livros, outra vez.

11 de novembro de 2007

Quem tem medo de Alain de Botton?

Alain de Botton não é um completo desconhecido: é um suíço radicado em Londres que lançou ano passado, no Brasil, o livro *Ensaios de amor*, e que repete a dose agora, com o seu *O movimento romântico*, promessa de um novo sucesso editorial.

A crítica gosta dos livros de Botton, mas com reticências. Muitos acham que o escritor é apenas um produto bem divulgado da Cool Britannia, o movimento renovador da cultura inglesa que endeusa bandas como o Oasis e que tem como expoente o primeiro-ministro Tony Blair. Apenas isso? Acho que é mais do que isso.

Alain de Botton é um extraterrestre: um homem que gosta de discutir a relação. As mulheres curvam-se aos seus pés, os homens olham enviesado. *O movimento romântico* poderia se chamar *Ensaios de amor volume 2*: é quase uma continuação do primeiro livro, mas com vida própria. O protagonista dos livros de Botton não são os personagens, mas o que há entre eles. Ele monta e desmonta o quebra-cabeça do amor com habilidade cirúrgica. Está tudo ali: a banalização dos sentimentos, os mal-entendidos e suas entrelinhas, a idealização, a influência que os ícones românticos exercem sobre nós, os questionamentos sobre a própria identidade, o desequilíbrio de poder (quando se ama mais do que o outro), o ceticismo de quem tem medo de se apaixonar, a nudez emocional feminina e outras armadilhas. Um manual de autoajuda? Nenhum parentesco. Alain de Botton tem duas armas secretas que elevam o status de seus livros.

O primeiro é que ele nunca resume seus pontos de vista baseando-se na experiência de um casal que interage apenas entre si: ele cria triângulos amorosos para melhor defender suas teses, abrindo o leque das especulações. O que é considerado infantilidade pela ótica de um parceiro pode ser considerado maturidade pela ótica de outro, estimulando a busca pela verdade. O recurso não é novo: até novela mexicana faz isto, mas é aí que entra a segunda arma secreta.

O filósofo preferido de Alain de Botton não é Gilberto Braga. Durante o livro inteiro ele cita Platão, Schopenhauer, Nietzsche e Pavlov como se fosse a sua turma de bar. Tudo com pertinência e, aleluia, simplicidade. Os livros encurtam a distância entre filosofia e vida real e nos oferecem verdadeiros achados, seja uma análise pouco convencional do comportamento de Madame Bovary, seja a função social das telas de Andy Warhol. Tudo ganha uma lógica atraente e inovadora, e nem é preciso doutorado para entender.

Não há razão para ter medo de gostar de Alain de Botton. Ele mesmo defende a ideia de que não se deve ler um livro para tirar uma lição. Livros não têm uma finalidade, como os aspiradores de pó. *Ensaios de amor* e *O movimento romântico* são entretenimento e dissecação. Redime nossas piores fraquezas, afaga nossas melhores intenções e, diante do quadro desestabilizante das idas e vindas amorosas, nos dá vontade de continuar a tentar.

2 de setembro de 1998

Uma vida melhor que a encomenda

Que dias. Quantas baixas na nossa literatura. Lamentei a morte de João Ubaldo, pois sempre dói a partida de quem ainda tinha tanto a contribuir, e estou compadecida com a fragilidade da situação do espetacular Ariano Suassuna (em coma até o momento em que escrevo), porém usarei esta coluna para falar de uma ausência que me tocou mais profundamente: a do mineiro Rubem Alves, por quem eu tinha enorme admiração, não só pelo que escrevia, mas pelo seu jeito terno, sua desafetação, sua raridade como ser humano. Quanto mais se grita e esperneia por aí, mais atenção eu dou aos singulares que brilham em voz baixa.

Recentemente, comentei sobre o documentário *Eu maior*, em que Rubem Alves também participou com seu testemunho. Entre outras coisas, ele contou que certa vez um garoto se aproximou dele para perguntar como havia planejado sua vida para chegar aonde chegou, qual foi a fórmula do sucesso. Rubem Alves respondeu que chegou aonde chegou porque tudo que havia planejado deu errado.

Planejar serve para colocar a pessoa em movimento. Se não houver um objetivo, um desejo qualquer, ela acabará esperando sentada que alguma grande oportunidade caia do céu, possivelmente por merecimento cósmico.

É preciso querer alguma coisa – já alcançar é facultativo.

Uma vez determinado o rumo a seguir, entra a melhor parte: abrir-se para os acidentes de percurso. Você que sonha em ser um Rubem Alves, é possível que já tenha começado a escrever para um blog (parabéns, pôs-se em ação). No entanto, esses escritos podem conduzi-lo a um caminho que não estava nos planos. Dependendo do conteúdo, seus posts podem levá-lo a um convite para lecionar no interior, a ser sócio de um bar, a estagiar com um tio engenheiro, a fazer doce para fora, a pegar a estrada com um amigo e acabar na Costa Rica, onde conhecerá a mulher da sua vida e com ela abrirá uma pousada, transformando-se num empresário do ramo da hotelaria.

Não é assim que as coisas acontecem, emendando uma circunstância na outra?

A vida está repleta de exemplos de arquiteta que virou estilista, enfermeiro que virou pastor evangélico, estudante de Letras que virou maquiadora, publicitário que virou chef de cozinha, professor que virou dono de pet shop, economista que virou fotógrafo. Tem até gente que almejava ser economista, virou economista, fez uma bela carreira como economista e morreu economista. A vida é surpreendente.

Ariano Suassuna abandonou a advocacia aos 27 anos. João Ubaldo também se formou em Direito, mas nem chegou a exercer o ofício, e Rubem Alves teve até restaurante. Tudo que dá errado pode dar muito certo. A vida joga os dados, dá as cartas, gira a roleta: a nós, cabe continuar apostando.

23 de julho de 2014

Millôr para jovens

Foi assim. Dia 30 de dezembro de 1987 eu estava na agência de publicidade onde trabalhava quando me liga o Jorge Furtado: "Já leu o *Jornal do Brasil* hoje?". Eu não tinha o costume. "Pois arranja um exemplar e abre direto na coluna do Millôr. Ele reproduziu um poema teu e te chamou de poetaço. E antes que pergunte: não, não estou brincando". Catei o jornal e vi com meus próprios olhos. "Jorge, o que eu faço?" "Liga pra ele, te dou o número." "Imagina, vou morrer de vergonha, é o Millôr!" "Fica tranquila, ele nunca atende, vai cair na secretária eletrônica." Me enchi de coragem e liguei. Foi como Jorge profetizou, caiu na secretária e, depois do sinal, deixei meu recado: "Bom dia, Millôr, aqui é Martha, de Porto Alegre, acabei de ler sua coluna no jornal, puxa, nem sei como agrad...". Fui interrompida por um "Salve, Martha!".

Ali começava uma relação que, se eu dissesse que foi de amizade, estaria exagerando e sendo mais cabotina do que já fui no primeiro parágrafo. Foi, isso sim, uma relação brevíssima de carinho mútuo. E, de minha parte, de gratidão para sempre.

O resultado daquele telefonema: ele escreveu a orelha do meu livro seguinte, nos encontramos pessoalmente num churrasco em Porto Alegre, almoçamos num restaurante no Rio, fui contemplada com a presença dele numa sessão de autógrafos e depois trocamos rápidos e-mails, ele sempre gentilíssimo e eu embasbacada. Então perdemos contato, ele perdeu a saúde, e o Brasil o perdeu de vez.

A única maneira que encontro para retribuir o aval inacreditável que ele me deu é recomendar a todos os jovens que ainda não conhecem seu trabalho que leiam imediatamente *Millôr definitivo – a bíblia do caos*. É uma espécie de dicionário que traz 5.142 frases sobre todos os assuntos que importam, sempre com o brilhantismo, o humor, a provocação e a mordacidade de um autor que não teve similar.

"Me arrancam tudo à força, e depois me chamam de contribuinte."

"Pra escrever bem não é preciso muitas palavras, só saber como combiná-las melhor. Pense no xadrez."

"Podem-se evitar descendentes, mas ninguém jamais conseguiu evitar antepassados."

"O direito de resposta é fundamental. Senão a gente fica até pensando que o outro lado pode ter razão."

"Nunca ninguém me disse que parar de sofrer doía tanto."

"Pode ser que paz e tranquilidade sejam no céu. Mas showbusiness é no inferno."

"Passei a vida pensando que diabos, afinal, estou fazendo neste mundo. Descobri – nada. Sou visita."

“Pela aparência que tinha e pela idade que dizia ter, aquela senhora podia ser a mãe de si mesma.”

“Nascimento e morte. A mais perfeita forma de renovação de estoque.”

Não no teu caso, Millôr. O produto ficará em falta para sempre.

4 de abril de 2012

A camareira

Mantenho um ritmo intenso de viagens a trabalho e, também, de lazer, então quarto de hotel passou a ser um item frequente da minha rotina. Por um lado, o ambiente desconhecido ajuda a escapar da mesmice, nos presenteia com a sensação de estrangeirismo que sempre renova as nossas fantasias, mas faz falta a familiaridade do dia a dia, aquilo tudo que faz do nosso lar um porto permanente e não provisório. No fundo, sinto falta do presunto vencido na geladeira.

Entre alguns prós (vista para o mar) e contras (o Club Sandwich com excesso de maionese), o que me desconcerta em hotel é a entrada da camareira quando estou fora do quarto. Tenho por hábito deixar tudo meio ajeitado para que ela não faça mau juízo de mim, mas sei que a danada não terá complacência nenhuma com minha boa vontade. Invadirá meu universo íntimo, abrirá armários e gavetas, saberá que remédios tomo, o que estou lendo, se transei na noite passada. Tudo isso sem saber meu nome, nem eu o dela. Aparentemente, não parece diferente da relação que mantemos com nossas funcionárias domésticas, mas nem se compara. É a evidência da nossa completa vulnerabilidade diante de uma desconhecida.

Não é assunto que me tire o sono, apenas fiz essa tergiversação por causa de um livro excelente que li dias atrás, cujo título é, adivinhe, *A camareira*, do alemão Markus Orths. Mais uma obra inspirada pela perturbação mental, essa musa inspiradora do novo século: a personagem do livro é uma compulsiva por limpeza que vive em extrema solidão e que tenta desenvolver emoções próprias pegando emprestadas as emoções dos hóspedes do hotel para o qual trabalha. Seu método: ao terminar o serviço, ela adota o estranho hábito de deitar-se embaixo da cama, aguardando-os. Quando eles voltam para o quarto, ela mantém-se ali quieta durante a noite inteirinha. Lembra de quando a gente era criança e temia que houvesse um monstro respirando bem embaixo do nosso colchão? Pois o bicho-papão do livro é a moça.

O texto é curto, enxuto e envolvente, meu número. Uma prosa rápida, mas com tamanho suficiente para desvendar o amplo universo de distúrbios, fetiches e manias dos seres humanos.

Na próxima vez que eu me hospedar em hotel, e não deve demorar, olharei para as camareiras com um misto de perplexidade e fascínio. Aquelas criaturas que circulam de uniforme pelos corredores saberão um pouco de mim – se levo meu próprio secador de cabelos, se deixo a calcinha pendurada no chuveiro, se trago para casa a caneta promocional que fica sobre a mesinha, quantos cremes eu uso – mas o que saberei eu de suas esquisitices íntimas? Melhor não espiar embaixo da cama.

13 de março de 2011

Don Mario

Era 1993 e eu recém havia desembarcado em Santiago do Chile, onde iria morar. Por casualidade, cheguei na mesma semana em que se iniciava a Feira do Livro, localizada numa antiga estação de trens. Fui para a Feira sem saber o que procurar. Zanzava sozinha pelos corredores quando de repente percebi uma movimentação: alguém importante chegara, e a multidão não se continha. Aplausos, flashes, autógrafos. Me aproximei. Era Mario Benedetti.

O que eu conhecia da obra do autor uruguaio era insuficiente para compreender a razão daquele agito. Mas como eu não procurava por nada específico, aproveitei e comprei alguns livros de poemas daquele senhor que estava sendo homenageado a poucos metros de mim. Pensei: vai ser bom para eu aprender espanhol.

Foi bom para aprender tudo.

Aprender o quanto um único verso pode provocar uma emoção intensa, o quanto a poesia engajada pode falar em nome de todo um povo, o quanto a poesia de amor comove até aqueles que não amam, o quanto a calidez e a simplicidade comunicam, o quanto não é preciso ser rebuscado para ser respeitado, o quanto Drummond estava certo quando disse que é mais importante ser eterno do que moderno.

Daquele ano em diante, devorei tudo dele que me caiu em mãos, e sei que apesar de eu possuir algumas antologias de sua obra, esse tudo ainda é pouco – foram 88 anos de vasta produção.

De sua ficção, destaco *Gracias por el fuego* (a edição brasileira mantém o título em espanhol) e *A trégua*, um relato escrito em forma de diário por um senhor de quase cinquenta anos em vias de se aposentar – na época em que foi escrito, era o retrato de um matusalém. Hoje, aos cinquenta anos, os homens ainda surfam. Mas certas coisas não mudam, como o fato de o personagem, um funcionário público de rotina medíocre, solitário, sem maiores planos a não ser o de aguardar o repouso definitivo, se apaixonar quando menos esperava. Não é um tema novo, mas os autores verdadeiramente talentosos não precisam de temas novos.

Mario Benedetti faleceu anteontem, provavelmente aceitando o destino que lhe coube no tempo razoável de quase nove décadas de vida (a morte nunca é razoável, mas vá lá). Apesar de ter passado por alguns momentos difíceis, como o exílio na época da ditadura militar e de viver num mundo sem mais lugar para utopias, nunca deixou de ser um homem comprometido com as causas sociais e com o amor por sua esposa, com quem foi casado por mais de sessenta anos. É improvável que, algum dia, tenha perdido tempo lamentando não ter seguido outro rumo, a julgar pelas palavras do personagem Miguel, do seu livro *Quem de nós*, com as quais encerro minha homenagem: "Mas existe verdadeiramente outro rumo? Na verdade, só existe a direção que tomamos. *O que poderia ter sido* já não conta".

20 de junho de 2009

Livro, um alvará de soltura

Costumo dizer que, para conseguir ler todos os livros que me enviam, só se eu pegasse uma prisão perpétua. Pois é de estranhar que, habituada a fazer essa conexão entre isolamento e livros, tenha me passado despercebida a matéria que saiu recentemente nos jornais (da qual fui gentilmente alertada por uma leitora) de que os detentos de penitenciárias federais que se dedicarem à leitura de obras literárias, clássicas, científicas ou filosóficas poderão ter suas penas reduzidas. A cada publicação lida, a pena será diminuída em quatro dias, de acordo com a Portaria 276 do Departamento Penitenciário Nacional (Depen). No total, a redução poderá chegar a 48 dias em um ano, com a leitura de até doze livros. Para provar que leu mesmo, o detento terá que elaborar uma resenha que será analisada por uma comissão de especialistas em assistência penitenciária.

A ideia é muito boa, então, por favor, não compliquem. Não exijam resenha, nem nada assim inibidor. Peçam apenas que o sujeito, em poucas linhas, descreva o que sentiu ao ler o livro, se houve identificação com algum personagem, algo bem simples, só para confirmar a leitura. Não ameacem o pobre coitado com palavras difíceis, ou ele preferirá ficar encarcerado para sempre.

Há presos dentro e fora das cadeias. Muitos adolescentes estão presos a maquininhas tecnológicas que facilitam sua conexão com os amigos, mas não a conexão consigo mesmo. Adultos estão presos a telenovelas e reality shows quando poderiam estar investindo seu tempo em algo muito mais libertador. Milhares de pessoas acreditam que ler é difícil, ler é chato, ler dá sono, e com isso atrasam seu desenvolvimento, atrofiam suas ideias, dão de comer a seus preconceitos, sem imaginar o quanto a leitura os libertaria dessa vida estreita.

Ler civiliza.

Essa boa notícia sobre atenuação de pena é praticamente uma metáfora. Leitura = liberdade. Não é preciso ser um apenado para estar preso. O que não falta é gente confinada na ignorância, sem saber como escrever corretamente as palavras, como se vive em outras culturas, como deixar o pensamento voar. Um livro é um passaporte para um universo rico e irrestrito. O livro é a vista panorâmica que o presídio não tem, a viagem ao redor do mundo que o presídio impede. O livro transporta, transcende, tira você de onde você está.

Por receber uma quantidade inquietante de livros, e sem ter onde guardar todos eles, costumo fazer doações para escolas e bibliotecas com frequência. Poucos meses atrás doei alguns exemplares para um presídio do Rio de Janeiro, e sugiro que todas as pessoas que tenham livros servindo de enfeite em casa façam o mesmo. Que se cumpram as penas, mas que a imaginação permaneça solta.

8 de julho de 2012

Vida de artista

A quantidade de homenagens pelos noventa anos de Fernanda Montenegro será sempre insuficiente diante da sua grandeza. Aproveitando a data festiva, também li *Prólogo, ato, epílogo*, uma forma de me aproximar desta mulher com quem conversei timidamente uma única vez, por um minuto, quando fomos apresentadas por uma amiga em comum. E de conhecer não só sua história, mas a história do teatro brasileiro.

Entre tantas recordações, Fernanda menciona no livro a época em que era preciso ter uma carteirinha emitida pela Polícia Federal para poder transitar pelas ruas à noite. A imposição era destinada a duas categorias de profissionais: os atores de teatro e as prostitutas. Essa abjeta forma de controle acabou fomentando um preconceito que, mesmo já tendo diminuído, sobrevive de forma subliminar: a de que toda atriz é puta.

Quando menina, achava a coisa mais linda ser atriz, mas nem cogitei em me aventurar. Fui criança nos anos 60 e início dos 70, quando os costumes começavam a ser revolucionados, mas não ainda na minha casa. Meus pais, mesmo sendo frequentadores do melhor teatro, não aplaudiriam: sonhavam em ter uma filha "normal", e eu, sem vocação para a rebeldia, fui fazer Comunicação e virei publicitária. Mais adiante, acabei dando um jeito de atuar: passei a criar personagens fictícios através da escrita, que também é uma forma de ir além do próprio eu.

Ditadores perseguem artistas porque sabem que eles são porta-vozes dos desejos da população, e isso lhes parece subversivo, então estigmatizam a classe e, muitas vezes, censuram. Já o cidadão comum não tem razão para desprestigiar um artista, a não ser que se sinta incomodado por um estilo de vida que, vá saber, evidencie suas próprias frustrações. O artista, mesmo não sendo célebre, vive da sua arte, ama o que faz, usa os sentimentos como matéria-prima, reconhece a comédia e a tragédia da nossa humanidade, analisa as questões com a mente aberta, defende a liberdade e não se deixa regrar por convenções. Uma afronta aos que não conseguem lidar com essa entrega absoluta a uma existência plena. O fascínio pode acabar virando raiva. Joga pedra na Geni.

Todas as pessoas – inclusive as putas, senhores – têm ao menos um talento, que pode estar ligado a um esporte, a gastronomia, moda, jardinagem, bordado, computação, humor, música, não sei, você é que sabe qual é o seu dom. Alguma coisa você faz muito bem, mesmo que de forma amadora. Pois trate com gentileza o artista que você também é. O seu dom, ainda que infinitamente mais modesto que o de Fernanda

Montenegro, é que ajuda a tornar o mundo menos bruto. Quem coloca o mínimo de inspiração e paixão no que faz sempre devolve algo de bom para a sociedade.

27 de outubro de 2019

Dê livros de Natal

Philip Roth. Cristóvão Tezza. Inês Pedrosa. Paul Auster. Ian McEwan. Daniel Galera. Antonio Prata. Fausto Wolff. Conceição Evaristo. Carla Madeira. Machado de Assis. Eça de Queiroz. Hilda Hilst.

Mulheres e homens, novatos e clássicos, vivos e mortos, todos eles publicaram histórias e poemas, seus livros estão nas livrarias, mas onde estão as livrarias se só vejo farmácias? As redes Cultura e Saraiva estão fechando lojas e as pequenas não é de hoje que lutam para sobreviver. Ler postagens de Facebook? Twitter? Não deliremos, falo em nome de quem gosta de ler *mesmo*, de quem sabe que livraria é o supermercado que abastece o espírito.

Cíntia Moscovich. Carpinejar. Scliar. Alain de Botton. David Trueba. Haruki Murakami. Leïla Slimani. Michel Laub. Tati Bernardi. Claudia Tajes. Pedro Mairal. Nick Hornby. Michael Cunningham. Lionel Shriver. Caio Fernando Abreu.

Livro é caro? Roupa é muito mais. Pelo preço de uma camiseta você leva para casa um Saramago e uma Elena Ferrante. Pelo preço de uma bijuteria você presenteia com joias by Michel Houellebecq, Eliane Brum, Wislawa Szymborska. Pelo preço de um biquíni (sério, já viu o preço dos biquínis?), você veste a alma com Adélia Prado, Antonio Cicero, Mia Couto. Pelo preço de uma garrafa de uísque você embriaga com Bukowski, Hemingway, Nabokov. Pelo preço de um panetone você devora um livro de bolso com 5.142 frases geniais do Millôr.

Conhece alguém que nunca leu um livro? Dê a ele o mundo de presente – custa menos que uma passagem de ônibus interestadual.

Loyola Brandão. João Ubaldo. Jorge Amado. Patricia Highsmith. Simone de Beauvoir. Pedro Juan Gutiérrez. Leila Ferreira. Jonathan Franzen. Ruy Castro. Flaubert. Danuza. Stella Florence. Ernesto Sabato. Elisa Lucinda.

Livro tem valor, ao contrário de bugigangas. Livro é conhecimento, diversão, passatempo, cultura, terapia, conteúdo, filosofia, verso, ideia, pensamento, rebeldia, transgressão, emoção, conforto, catarse, vício, salvação, lucidez, espelho, fantasia, exorcismo – e enrascada, no meu caso: estou citando escritores de cabeça, sem nenhum compromisso ou critério além do meu afeto e admiração, imagine a reação dos amigos esquecidos, que seguem lendo esta crônica apenas para verem seu nome, ai de mim, mas pago o preço, esta coluna sim é que vai me custar caro, livro é de graça em comparação.

Francisco Bosco. Fernanda Torres. Vargas Llosa. Sándor Márai. Miguel Sousa Tavares. Adriana Falcão. Martin Amis. Adriana Lisboa. Dostoiévski. Mario

Benedetti. Contardo Calligaris. Amós Oz. Raymond Chandler. Patrícia Melo. Lya Luft. Tchékhov. Affonso Romano. Marina Colasanti. Leticia Wierzchowski. Ivan Lessa. Milan Kundera. Viviane Mosé. Elizabeth Gilbert. Cioran. Rubem Fonseca. Chico Buarque. Dorothy Parker. E eu, que também sou filha de Deus. Deus! Luis Fernando Verissimo.

9 de dezembro de 2018

Literatura menor

Um estudante de Letras me solicitou uma entrevista por e-mail que, prontamente, aceitei responder. A primeira pergunta: "A literatura de mercado é literatura mesmo?".

Depois de dezoito livros publicados, pela primeira vez entrei numa lista nacional de best-sellers. Se eu tivesse complexo de perseguição, poderia achar que fui escolhida para essa entrevista para que o garoto recebesse, direto da fonte, um panorama da pior literatura do mundo. Ainda bem que minha autoestima está em dia.

Imagino que "literatura de mercado" seja aquela que vende bem, ao contrário da literatura "artística", que mofa nas estantes. Será? Até onde sei, toda literatura é de mercado, e dela fazem parte tanto os livros bem escritos quanto mal escritos. Se vende, é ruim? Se não vende, é bom? Me parece um pouco simplista. Segunda pergunta:

"Qual a razão do sucesso desse tipo de literatura?"

Creio que os leitores preferem ler algo que entendam e que seja de seu gosto, mas vá discutir gosto. É preciso lembrar que um autor não produz *esse tipo de literatura* de caso pensado. Alguns acreditam que basta escrever um texto fácil, de identificação imediata, e depois é só aguardar as moedas caindo na piscina, feito um tio Patinhas. Fosse moleza assim, os "escritores artísticos" se valeriam do mesmo truque (criando um pseudônimo, lógico) e ficariam milionários da noite para o dia. Por que isso não acontece? Porque cada um escreve do jeito que sabe. Eu não sei escrever como Clarice Lispector. Se soubesse, era o que estaria fazendo. Ninguém escreve fácil de propósito, só para estourar. Ou teríamos um Paulo Coelho em cada esquina. Quem não gostaria de ter um apartamento em Paris onde é possível praticar arco e flecha no corredor?

Há os que exercem o dom da comunicabilidade sem renunciar à sua honestidade artística. Não há nenhuma garantia de qualidade nisso, mas não se pode duvidar do caráter de quem vende direitinho.

"Acredita que a literatura de mercado tem como mérito a formação de novos leitores?"

Sem dúvida. Eu, por exemplo, virei uma leitora graças a Monteiro Lobato, que era muito popular quando eu era criança, o que o enquadraria em literatura de mercado, suponho.

"A literatura menor pode incentivar leituras de obras maiores?"

Sim, um leitor pode começar lendo a mim e chegar a García Márquez. Mas o que importa é que tenha prazer pela leitura, o que já é um avanço num país de iletrados, onde milhões de pessoas nunca seguraram um livro.

"A literatura séria está fadada ao desaparecimento?"

Vivemos na eterna expectativa do apocalipse. A humanidade é viciada em previsões catastróficas, sempre profetizando o fim do sublime. Humildemente, acho que ninguém tem procuração para sacramentar o que é "sério" – e muito menos para tornar essa seriedade inquestionável. Já ouvi o genial Ferreira Gullar dizer que acha Beckett um chatonildo. Ou seja, é importante estudar teoria da literatura, desde que ninguém seja catequizado. O gosto, quem diria, também conta.

12 de novembro de 2008

Todas as idades

Idades só há duas: ou se está vivo ou morto.

A frase acima é uma das tantas definições precisas de Mario Quintana, que, devido à atualidade de sua obra e pensamento, está e não está morto: possui as duas idades que ele reconhecia. Faria cem anos neste domingo, e o que isso significa? Nada. É apenas mais uma razão para lembrar dele, e de tudo o que ele deixou escrito e que permanece.

Este é um ano em que muitas pessoas amadas por mim completaram idades redondas: dez, vinte, cinquenta, setenta. Cada uma experimentando uma etapa diferente da vida, mas todas com algo mágico em comum: possuem a mesma idade, estão vivas. Sou nostálgica, tenho a tendência a achar que o antes era sempre melhor – não havia tanta violência, nem vaidade extrema, e os sentimentos eram mais verdadeiros – mas reconheço que os tempos de agora trouxeram uma novidade bombástica: eliminaram as diferenças de geração. Podemos ser tudo em qualquer idade. Jovens responsáveis e maduros, adultos rebeldes e inconsequentes, velhos produtivos e com planos para o futuro. Todos alinhados em suas ambições e desejos. Estão todos na mesma festa, comemorando a mesma idade: vivos.

O garoto de doze que entra para o Guinness, a jornalista de 58 que namora um Apolo de 33, o escritor que lança seu primeiro livro aos sessenta, a ex-vedete que aos 99 ainda exibe boas pernas, o homem que aos 28 se tornou um dos deputados mais votados, a mulher que foi mãe aos 56. O que nos impede de realizar nossos objetivos? Milhares de coisas, eu sei: a falta de dinheiro, de incentivo, de força de vontade. Mas que ninguém venha reclamar que não tem mais idade para alguma coisa, seja lá que coisa for.

Não foi só a medicina e a ciência que possibilitaram uma vida útil mais estendida: nossa mentalidade vem mudando. Nem tudo é positivo: meninas engravidam quando deveriam estar brincando, crianças trabalham quando deveriam estar estudando. De um lado, falta orientação e informação; de outro, sobra exploração e necessidade de sustento. Afora essas tragédias sociais que já deveriam ter sido combatidas, a parte boa da história é que nosso tempo esticou e os estigmas encolheram. Falta bastante ainda: falta emprego para quem tem mais de quarenta, falta aposentadoria decente, um sistema de saúde com mais eficiência, falta a parte do governo, como é praxe. Mas o nível de desistência pessoal caiu drasticamente – hoje, poucos se acomodam. Nunca o ditado "quem é vivo sempre aparece" foi tão realista. Estão todos bem à vista, loucos para serem aproveitados.

Mario Quintana aproveitou-se. Não viveu apenas cronologicamente: sabia ter todas as idades num único dia. Em determinado poema, era um garoto de catorze anos. Em outro, tinha trinta. Na maioria deles, era eterno. A cada página, um estado de espírito: ora meio infantil, ora um sábio, às vezes um transtornado. Porque é assim mesmo que somos: de adolescentes a caducos num estalar de dedos. A emoção é que determina nossa data de nascimento.

Hoje ele teria cem, teria treze, teria 52, ele teria o quê, vivo estivesse? Perguntemos a nós mesmos que idade magnífica temos neste exato instante.

30 de julho de 2006

Tempo para ler tudo

Troquei de apartamento há três semanas. O pessoal da mudança ficou impressionado com a quantidade de livros para colocar no caminhão, e olha que, comparando com algumas bibliotecas particulares que conheço, sou uma indigente intelectual. Mas algum estoque eu tenho. E quando desencaixotei este "algum estoque", coloquei tudo de qualquer jeito nas prateleiras, sem ordem, sem juízo.

Pois bem. Eis que chegou um domingão nublado, daqueles que a gente tem vontade de fazer algo útil, desde que não seja trabalhar, e resolvi: vou organizar os livros na estante. Coloquei uma música suave, uma roupa confortável e me joguei para dentro das prateleiras, separando primeiro os livros nacionais dos estrangeiros, depois separando o que era ficção dos livros de ensaios e biografias, e por último colocando tudo em ordem alfabética pelo nome dos autores. Resultado: gastei mais de sete horas nesta função e fiquei um bagaço, física e emocionalmente falando.

As dores nas costas e os dedos sujos de poeira nem foram o mais grave. O pior foi constatar que jamais vou conseguir ler tudo o que me aguarda e muito menos reler os meus top 100, aquelas obras que me encantaram aos vinte anos e que mereciam um "vale a pena ler de novo". Entre todos os livros que eu compro e mais aqueles que ganho, o volume aumenta sem que eu possa consumi-los num prazo razoável. Antigamente, eu lia um livro a cada dois ou três dias, ficava com ele ao menos uma hora inteira na cama e ainda dava tempo para fazer outras coisas por ali mesmo. Hoje vou para cama e mal consigo vencer dez páginas, os olhos começam a despencar e de repente não sou mais dona de mim: ferro no sono. Quanto a fazer outras coisas, ajude-me a lembrar: que outras coisas?

A arrumação dos meus livros me fez bem e me fez mal. O bem veio da viagem sentimental que foi recordar os trechos sublinhados, as anotações ao pé da página, as livrarias onde comprei cada volume, as dedicatórias que valorizaram alguns exemplares. E o mal veio da culpa: vou ter que doar um bom número deles, aqueles que sei que não lerei jamais, a fim de abrir caminho para os que vêm pela frente.

Volto a dizer: só pegando uma prisão perpétua para me dedicar a todos os clássicos que estou me devendo e a todos os autores contemporâneos que lançam um ou dois livros por ano, sem falar daqueles que editam por conta própria, enviam para a gente e aguardam uma palavra de incentivo. Impossível, só mesmo trancafiada numa cela noite e dia. Mas que crime terei que cometer para merecer tal reclusão? Pensei em desvio de dinheiro público, formação de quadrilha e sonegação fiscal, mas isso, aqui no Brasil, me daria o quê, uns quarenta dias? É pouco, mal conseguiria ler a obra completa de Borges.

6 de novembro de 2005

Washington

Sou viciada em viajar, mas Washington não faz parte da minha *wish list* – implico com a capital norte-americana mesmo sem conhecê-la, ainda que saiba dos museus incríveis que há por lá. O Washington que dá título a esta crônica é o Olivetto. Fui redatora publicitária por treze anos (inclusive fiz uma passagem supersônica pela DPZ), mas cruzei com o Washington pouquíssimas vezes, em esbarrões sem consequências. Na noite anterior àquela em que ele foi sequestrado, conversamos por breves minutos em um restaurante em Porto Alegre, sem imaginar que dali a 24 horas ele sairia de cena, a contragosto, por 53 longos dias.

Foi um período difícil para seus funcionários, que tiveram que se acostumar "com a falta de euforia, com a falta de genialidade, com a falta de um jeito de andar, de falar com as mãos, de levar a vida", segundo palavras de Tati Bernardi, que trabalhava na W/Brasil na época (2001). Agora, tantos anos depois, ele lança sua autobiografia, e o sequestro não ganhou nem mesmo um parágrafo decente, foi um "ops" em meio a uma trajetória muito maior e mais interessante.

Direto de Washington é o nome do livro que recomendo para quem tem curiosidade sobre os bastidores das agências e sobre como surgiram ideias que faziam a gente pensar "isso até eu faria", como a do garoto Bombril e a do primeiro sutiã da Valisère, sem falar naquele slogan surpreendentemente direto: "Compre Batom!". Parecia brincadeira, de tão fácil.

Estar de brincadeira foi a tarefa mais séria a que Washington Olivetto se dedicou. E aqui paro de falar de propaganda para falar de algo bem mais abrangente e que envolve não só publicitários, mas engenheiros, balconistas, vendedores de cachorro-quente, costureiras, frentistas de postos de gasolina, colunistas de jornais.

No final das contas, somos todos consumidores. Não apenas de aspiradores de pó, biscoitos e esponjas de aço, mas consumidores de fantasias, gargalhadas e declarações de amor. Somos consumidores de conversas de bar tanto quanto de cerveja, consumidores de vaidade tanto quanto de perfume, consumidores de prazer tanto quanto de vinho. Consumimos vida, não só produtos e serviços. Vida é o tal valor agregado de qualquer coisa que a gente compre.

Washington sintetizou isso com propaganda comunicativa, afetiva, divertida, musical. Fez a gente ver que, mesmo com pouco dinheiro, o que vale é ser criativo e encontrar saídas para ser feliz. Washington é a síntese, não a complicação. É o charme, não a peruíce. É a irreverência, não a arrogância. O livro é uma egotrip, ele se vende o tempo todo, mas não é o que passou décadas fazendo pelos outros? Então que o deixem livre, leve e solto para nos dar este toque: só se escabela para parecer profundo quem não tem talento para ser simples. A simplicidade continua sendo a melhor técnica de sedução.

22 de abril de 2018

Enclausurado

Quando soube que o livro *Enclausurado* era narrado por um feto, gelei. Não sou muito fã de narrações feitas por crianças, o que dizer de um ser que nem criança ainda é. Na mão de um escritor menos tarimbado, teria tudo para se transformar numa bizarrice, mas estamos falando do grande Ian McEwan, cujo talento anula qualquer desconfiança. Mestre é mestre: fui direto da primeira à última página sem pausa para buscar um copo d'água. E minhas gargalhadas confirmaram o prazer da leitura. Fazia tempo que não me divertia tanto.

De dentro da barriga da mãe, escutando tudo o que ela conversa, assim como os sons que a circundam, o bebê absorve informações sobre o mundo atual, incluindo alguns segredos íntimos e bem indigestos: mamãe planeja, com o amante, matar papai. Infiltrado no corpo da iminente assassina, ele é uma testemunha auditiva e impotente. Só lhe resta tentar entender o que está acontecendo lá fora e torcer para que a vítima escape. Eu quase pude ver o sorriso no rosto do autor enquanto ele se dedicava à engenhosa tarefa. Como em toda boa trama policial, a parte psicológica é sempre a mais saborosa.

Aquele pequeno ser já formado (é o nono mês de gravidez), sem espaço para expandir-se, aguarda entediado o momento de nascer e acaba, forçosamente, participando do crime e recebendo informações privilegiadas: ele escuta os batimentos cardíacos de sua mãe, percebe a adrenalina provocada pelo medo dela, interpreta as nuances de seu tom de voz, sente as emoções todas que ela sente, desde o pânico contido até o prazer mais obsceno. Aliás, a descrição das relações sexuais da gestante sob o ponto de vista de quem está presenciando o ato de perto – muito, muito perto – são absolutamente originais. E cômicas, claro.

Começou a Feira do Livro de Porto Alegre. Bancas e balaios com mil tentações, mas esta é a minha dica. Um texto espetacular e inteligente em apenas duzentas páginas (sei que há pressa em voltar ao smartphone) e com um enredo que merece mesmo esse título, já que *Enclausurado* é um livro que prende o leitor.

30 de outubro de 2016

Por que escrever?

Escrevo para dar exclusividade à minha solidão. Para não parecer tão esquisita como pareceria se fosse uma solitária que não escreve. Escrevo para não desperdiçar a minha sinceridade.

Sozinhos, somos mais sinceros do que quando socializamos.

Escrevo para ficar quieta por mais tempo. Para não falar sobre a vida dos outros – escrever sobre eles dá menos problema.

Escrevo porque não sei tocar guitarra, porque não aprendi a esculpir em madeira, porque meus glúteos são muito largos para o balé. Escrevo porque teria dificuldade de decorar o texto para uma peça, porque só sei desenhar uma casinha – e mal.

Escrevo porque a literatura é uma arte discreta.

Escrevo porque não existe horário para começar, nem terminar, nem dia útil, nem dia inútil, nem ônibus para pegar, nem parada para descer, nem apito de fábrica, nem gerente, nem chefe (nem carteira assinada, é o ônus).

Escrevo porque gosto muito de ficar em casa. Nunca escrevo em quartos de hotéis, em trens, em espaços de coworking. Escrevo porque ninguém me acusa de estar me escondendo, mesmo que eu esteja.

Escrevo porque dizem que a maioria dos homens não suporta mulheres que escrevem. Abençoo esta triagem. Só os corajosos me atraem.

Escrevo para me relacionar melhor com a morte. A morte não traz benefícios para quem fabrica guarda-chuvas, quem atende em consultórios ou limpa vidraças. Mas ela costuma ser generosa com escritores: inspira e, se você for uma Clarice Lispector, eterniza.

Escrevo porque não é um trabalho de equipe.

Escrevo para uma única pessoa: você, que ao me ler estará sozinho também (mesmo cercado de gente) e em silêncio. Prefiro relações a dois.

Escrevo para dar voz às minhas feras, bruxas, demônios. Escrevo porque posso ser malvada, traidora, desaforada, matar e morrer – e acordar ilesa na segunda-feira.

Escrevo para me consolar dos traumas de infância e para transformar as dores de amor em royalties – é uma compensação justa.

Escrevo porque escrever ativa a esperança. A esperança de ser lida, compreendida e amada. E a esperança de que meu texto sirva para fazer alguém se sentir menos estranho para si mesmo.

Escrevo porque, se eu parecer louca, ninguém vai dar muita atenção. Periga até eu ganhar um prêmio.

Escrevo porque enquanto estou escrevendo, estou lembrando.

Escrevo porque nunca sei sobre o que irei escrever. É uma aventura constante revelar para mim mesma o que permanece oculto.

Em meu primeiro livro, ainda muito jovem, havia um verso que dizia: "quanto mais escrava, mais escrevo". O tempo passou, me libertei de quase tudo o que me oprimia e devo isso a todos os livros que li – e aos que publiquei. É pela liberdade, indiscutivelmente, que escrevo.

1º de outubro de 2023

A vida sob outra perspectiva

Uma relação amorosa vale quando você sai dela mais madura do que quando entrou. Uma viagem vale por termos voltado para casa mais abertos do que quando embarcamos. E um livro, mesma coisa: ele compensa quando a gente percebe que encerrou a leitura mais consciente do que quando ainda estava no primeiro capítulo.

Foi esta a sensação que tive ao terminar o livro da cantora Olivia Byington, *O que é que ele tem*. Conheço Olivia, já estivemos juntas algumas vezes, temos uma grande amiga em comum, mas nunca soube dos pormenores de sua vida íntima. Então descubro que ela teve um primeiro filho com uma síndrome rara, e é sobre ele que Olivia escreve, escancarando um mundo novo para nós. Um mundo novo que não deveria ser novo, pois ela fala basicamente sobre delicadeza.

Acontece que a delicadeza tem sido mais rara do que a síndrome de Apert, que gera as terríveis deformações que tornaram o filho da Olivia diferente, e esse é o tema do livro: como lidar com a diferença. Não apenas a diferença entre uma criança com ou sem síndrome: a diferença entre um ser humano com delicadeza e outro não – e aí ela se refere a todos nós.

Eu sei que é difícil a gente não reagir com estranhamento diante do que é incomum, mas quanto tempo deveria durar um estranhamento? Em quanto tempo ele deveria evoluir para o acolhimento, o afeto, a compreensão?

O livro é tocante por inteiro, mas tem dois momentos que me emocionaram além do previsível. Um deles é quando Olivia narra a dificuldade em matricular o filho João nas escolas. Mesmo quando consegue, sofre com a maneira como ele é tratado. Ela então faz uma defesa incontestável da inclusão: quando uma criança com deficiência convive com crianças sem deficiência, são as "perfeitas" que ganham com isso, pois têm a oportunidade de desenvolver a tolerância, de aprender sobre superação e de se abrir para a complexidade da existência. Óbvio. Olivia mostra com clareza como a convivência com os diferentes potencializa nosso aprendizado e nos faz valorizar ainda mais nossas bênçãos.

Outro momento que me fez suspirar. João passou por inúmeras cirurgias de reconstrução de face e de órgãos, sofreu o diabo, submeteu-se a verdadeiros suplícios e flagelos para que seu organismo se adaptasse minimamente, a fim de ter uma vida normal – um normal bem longe do que conhecemos. Ainda assim, em uma das vezes que saiu do longo período no hospital e retornou para casa depois de mais um calvário, instalou-se em seu quarto e, pelo simples acesso a este pequeno conforto, exclamou:

– Ah, que vida boa.

A gente reclama do que mesmo?

29 de junho de 2016

Sexo casual

A maioria das pessoas com quem convivo é casada ou está num namoro estável, mas outro dia almocei em São Paulo com uma amiga solteira, com pouco menos de trinta anos, e acabamos tendo uma conversa interessante sobre os novos formatos de relacionamentos amorosos, tudo por causa de um livro que ambas havíamos lido. Estou falando de *Pagando por sexo*, do cartunista Chester Brown, em que, através de uma história em quadrinhos, o autor conta por que desistiu do amor romântico em troca da prostituição. Polêmico, mas um retrato interessante da desilusão atual.

Qual a importância do sexo nas relações? A monogamia ainda se sustenta? Só sexo basta?

Foi quando nós duas começamos a falar sobre rolos, essa modalidade tão em uso atualmente. Relações sem compromisso, sem rotina, sem fidelidade, sem ciúmes. Apenas com sexo de vez em quando. Precisa mais?

Essa minha amiga comentou que conhecia outra garota na faixa dos trinta que dizia já ter transado com 650 caras. Não sou boa em matemática, mas resolvi calcular: supondo que ela tenha vida sexual desde os quinze, vem transando com um homem diferente a cada oito ou nove dias, ininterruptamente, sem contar as recorrências. Se não for uma profissional do ramo, é uma boba que gosta de contar vantagem. Se não for uma coisa nem outra, então o mundo mudou mais rápido do que consegui acompanhar.

Em que momento o romantismo morreu?

O rolo é vantajoso. O sem isso e sem aquilo pode ser muito benéfico numa etapa da vida em que ninguém tem mais paciência para investimentos afetivos sérios, mas essa racionalização não me parece afrodisíaca.

Por mais que o sexo seja livre, pleno e ótimo, considero um desperdício utilizá-lo apenas como sessão de aeróbica. Pode ser sem compromisso, sem rotina, sem fidelidade e sem ciúmes, mas que graça terá se não houver um encantamento mínimo, um brilho se insinuando no fundo do olho?

Sexo casual também é encontro. E, como tal, se torna mais estimulante quando se vale de alguns aditivos que passam longe da cama. Um WhatsApp no meio da tarde dizendo que bateu saudade, um telefonema no fim da noite pra dizer "dorme bem", uma confidência trocada, um cuidado em não magoar, pequenas gentilezas que fazem parte do jogo. Jogo? Sim, jogo. É ou não é uma relação entre adultos? Então sem falsa inocência. É um jogo.

Não se está falando de amor pra sempre, e sim de um relacionamento sem vínculos, mas que nem por isso precisa evitar pequenas graciosidades que tornam a confluência mais terna. Porque, senão, passa-se o rodo em centenas e só o que se leva disso é uma boa pontuação no ranking.

Sem apego, sem sentimento, sem exclusividade, sem troca, sem planos. Nada contra, cada um sabe de si. Mas acho mais palpitante com.

29 de novembro de 2015

Ele está a fim ou não?

Recebi de presente o livro *Ele simplesmente não está a fim de você*, de autoria de Greg Behrendt e comentários de Liz Tuccillo, ambos roteiristas da série *Sex and the City.* Havia escutado alguma coisa a respeito e achei que talvez fosse engraçado. Comecei a folhear as primeiras páginas e não parei enquanto não cheguei até o fim. Não é engraçado, é estupidamente engraçado. Se eu recomendo? Claro que não, eu recomendo Ferreira Gullar, Manoel de Barros, Zélia Gattai, Fausto Wolff. O que não impede que a gente, de vez em quando, se renda a uma diversãozinha superficial. Já se a intenção for dar um upgrade nos seus relacionamentos amorosos, convém manter distância deste manual de autoajuda, a não ser que não se importe de ficar solteira para o resto da vida.

O livro foi escrito para mulheres que passam o dia ao lado do telefone esperando um sinal de vida do homem com quem saíram semana passada. Mulheres que ficam imaginando que ele anotou o número errado, ou que está num hospital com amnésia, ou que teve que fazer uma viagem repentina para Ludwigshafen, ou que morreu atropelado e só por isso ainda não ligou. Os autores acabam com qualquer uma dessas fantasias. O cara não ligou porque simplesmente não está a fim de você.

Não há dúvida de que o livro ensina a economizar tempo. Se não rolou, vamos adiante, nada de ficar esperando milagres. Se o sujeito nunca diz que te ama, é porque não está a fim de você. Se ele está passando por um estresse emocional, não está a fim de você. Se ele não anda com muito apetite sexual, não está a fim de você. Se está desempregado e permite que você pague as contas, não está a fim de você. Se diz que está com problemas familiares, não está a fim de você. Ou seja: ou ele é um babão que não tem olhos para mais nada na vida a não ser você, ou não está a fim de compromisso e merece um belo chute você sabe onde.

Não que esta avaliação esteja totalmente equivocada. Quem está a fim procura, liga, comparece. Mas nada é assim tão simples no mundo da sedução. Homens, por incrível que pareça, também têm traumas, deprês, inseguranças. Os interessantes, ao menos. E você vai dispensar justo estes só porque eles não telefonam três vezes por dia?

Outro problema do livro é que ele aconselha todas as mulheres a ficarem sentadinhas a espera do príncipe. Tomar a iniciativa? Jamais, nunca, never. Eles têm as rédeas da situação, eles têm o poder de escolha. Você, quanto muito, tem sorte.

E quando é ela que simplesmente não está a fim dele? Nem um pio sobre isso. O livro retrata um mundo onde todas as mulheres só pensam em se casar e todos os homens estão dispostos a enrolá-las, a não ser três ou quatro anjos que elas ainda não encontraram, mas que devem seguir procurando.

De qualquer maneira, se você tiver bom humor e não se importar com caricaturas, vale a pena se divertir com os conselhos mais que espirituosos de Greg Behrendt, que, aliás, vangloria-se de ser muito bem-casado e de ligar para a patroa a cada cinco minutos. Coitada.

26 de junho de 2005

Em que mundo tu vive?

Conheci José Falero através de seu livro *Os supridores.* Até então, nada sabia dele. Devorei o romance. Não era a primeira vez que lia uma história passada na periferia, mas dessa vez me senti levada pela mão até o miolo da vila, o epicentro da pobreza, o cenário real onde uma população de homens e mulheres trabalha em troca de merreca, sem perspectiva de futuro. Criminalidade? Tem, mas não apresentada como defeito de caráter, e sim como consequência de um estado de coisas, que ele descreve com originalidade, humor e algumas vísceras. Logo no início, ali pela página cinquenta, uma conversa entre os personagens Pedro e Marques funciona como uma aula sobre os diferentes sistemas socioeconômicos, narrada de um jeito que uma criança de sete anos conseguiria entender. Humm, livro chato, então. Poderia ser, não fosse diabolicamente empolgante, inteligente e bem escrito, levando-se em conta que não existe apenas um modo de escrever e de falar.

Isso foi em março de 2021. De lá pra cá, li outros tantos livros e dei trato à vida. Pois Falero reaparece agora com uma coletânea de crônicas publicadas na revista digital *Parêntese.* Título: *Mas em que mundo tu vive?*

Abri com o mesmo ânimo com que fechei *Os supridores*. E veio a bofetada.

Logo percebi que não seria tão palatável. Se antes eu havia sido gentilmente conduzida pela mão até as entranhas do inferno, agora eu estava sendo empurrada pelas costas, sem ver direito para onde ia, quase um sequestro. Mas os livros deixam sempre a porta destrancada: se eu quisesse sair, saía. Não saí. Passei dois dias inteiros com Falero, sua família e seus amigos na Lomba do Pinheiro, apanhando sem tentar fugir. Agora não era mais a ficção de Pedro e Marques, e sim a voz do próprio autor, sua história, suas broncas, sua angústia. Revolta que só mesmo a literatura reverbera. Não é no Instagram que a vida real ganha forma e cor.

Condescendência. Eis uma palavra que não faz parte do vocabulário de Falero. Ele coloca o dedo em todas as feridas e remexe até sangrar, ele expõe sem rodeios a dor de ser pobre e preto numa sociedade indiferente, descreve o que é se sentir um rato e o tamanho da desesperança. Se Falero pudesse dizer alguma coisa para mim neste instante, seria "valeu, Martha, mas o que você está escrevendo aí não vai servir pra nada". Eu sei.

Você não quer confete, Falero, e sim quebrar o ciclo das injustiças sociais, que é o que todos deveriam querer também. Mas permita que eu use a minha página, hoje, para atrair os que têm coragem de levar uma bofetada, duas, três, até acordarem do transe da conformidade. E avisá-los que você bate, sim, mas também consegue ser lírico e muito emocionante. Sei lá, vá que sirva para alguma coisa.

24 de outubro de 2021

Só lembro que foi bom

Guardo muitos livros em casa, uma pequena biblioteca de milhares. Metade ainda espera minha leitura e a outra metade já foi devorada, mas ainda assim a mantenho, já que acontece comigo algo desesperador: não lembro o que leio. Nada. Qual era o nome do personagem, qual a trama, como é que ela termina. Nada.

Há quem recite trechos de seus autores preferidos, quem reconheça passagens de obras lidas anos atrás e quem declame poemas alheios como se fossem seus. Não lembro nem meus próprios versos, o que dirá os versos dos outros. Amo os livros e tenho com eles uma relação doentia. Doença neurodegenerativa: o sentimento fica, a lembrança vaza.

Outro dia, observando as lombadas perfiladas nas prateleiras, encontrei *Longamente*, de Erik Orsenna, romance francês que recomendei para muitos amigos, inclusive para um jornalista que se encantou a ponto de entrevistar o escritor em Paris. Pois mal me recordo do livro. O personagem amava uma mulher casada, e mais não sei dizer.

Não há como esquecer *Canção de ninar*, de Leïla Slimani. É um romance recente e impactante. *Tirza*, de Arnon Grunberg. *Enclausurado*, de Ian McEwan. São livros que ainda retenho, pois não faz tanto tempo que os li e trazem passagens que abalam e surpreendem, mas o critério "não-faz-tanto-tempo-que-os-li" não é confiável. Três dias atrás fechei um livro que li com prazer, mas não me pergunte do que se trata. Sumiu de dentro de mim.

É uma espécie de mal de Alzheimer restrito apenas aos livros. Vejo a foto da capa, tenho certeza de que passamos bons momentos juntos, mas não me vem nenhum registro da história. E aí me pergunto: vale a pena continuar com o hábito da leitura, se logo depois perderei esse investimento de tempo?

A boa notícia: vale. É preciso confiar em tudo o que se conecta com a nossa sensibilidade. A retenção não precisa ser formal, ninguém irá nos sabatinar sobre o enredo, o que importa é a consequência emocional da leitura, a interiorização das descobertas, as portas que se abriram dentro da gente e que nos transformaram, mesmo sem termos consciência disso. O poeta José Paulo Paes explica assim: "Cultura é tudo aquilo que a gente se lembra após ter esquecido o que leu. Revela-se no modo de falar, de sentar, de comer, de ler um texto, de olhar o mundo. É uma atitude que se aperfeiçoa no contato com a arte. Cultura não é aquilo que entra pelos olhos, é o que modifica seu olhar". Grande poeta, que faleceu em 1998. Li muitos poemas de José Paulo Paes e não recordo de nenhum. Mas certamente sua poesia me deu alguma percepção da vida que eu ainda não tinha, e isso me tornou melhor, maior e mais humana. Como acontece a cada bom livro que leio e que desgraçadamente esqueço.

28 de abril de 2019

E se tivesse sido diferente?

Quem leu o perturbador *Precisamos falar sobre o Kevin* sabe que sua autora, Lionel Shriver, é craque em esmiuçar as razões psicológicas que motivam todos os nossos atos, mesmo os mais tolos, e em demonstrar o quanto esses atos geram consequências previsíveis e imprevisíveis. Em seu novo livro, *O mundo pós-aniversário*, ela conta a história de Irina, uma mulher instalada num sólido casamento de dez anos, que um dia sente um incontrolável desejo de beijar outro homem. Para complicar, esse homem é um amigo do casal. A partir daí, a autora desmembra o livro em duas histórias que correm paralelas: a vida de Irina caso consumasse seu impulso erótico, e a vida de Irina caso reprimisse seu desejo.

A autora poderia ter se contentado em escrever sobre o poder transformador de um primeiro beijo em alguém, mas foi mais inteligente e abordou também o poder transformador de mantermos tudo como está. É comum a gente pensar que, ao ficar parado no mesmo lugar, sem agir, sem mudar nada, garantiremos um destino tranquilo. Engessados na mesma situação, é como se estivéssemos protegidos de qualquer possível ebulição que nos inquiete. Sssshh. Quietos. Ninguém se mexe para não acordar o demônio.

Não deixa de ser uma estratégia, mas falta combinar com o resto da população. As pessoas que nos cercam sempre interferirão no nosso destino. Se dermos uma guinada brusca ou permanecermos na rotina, tanto faz: o mundo se encarregará de trocar as peças de lugar nesse imenso tabuleiro chamado dia a dia.

Ao fazer algo socialmente condenável (como ser casada e dar um beijo em outro homem, para dar o exemplo do livro), tudo poderá acontecer – inclusive nada. Você poderá se apaixonar, abandonar seu marido e viver uma tórrida história de amor, e essa história de amor se revelar uma furada e você se arrepender, e tentar reatar com seu marido que a essa altura já estará apaixonado pela vizinha. Ou você beijará e em vez de iniciar um romance tórrido, voltará para casa bocejando e nada, nadinha será alterado. Foi só uma pequena estupidez momentânea e sem consequências. Mas das consequências de continuar viva você não escapa.

Esse 2010 promete ser bom: ano do tigre no horóscopo chinês, ano de Vênus no horóscopo ocidental. Quem entende do assunto diz que teremos um aquecimento global do tipo que ninguém tem nada contra. Emoções calientes. Mas adianta fazer planos? Seja qual for o caminho que optarmos, haverá altos e baixos. E isso é tudo. Se fizermos uma auditoria em nossas vidas, em algum momento questionaremos: "E se eu tivesse feito diferente?". O diferente teria sido melhor e teria sido pior. Então o jeito é desfrutar nossas escolhas e abandoná-las quando for preciso, mexer e remexer na nossa trajetória, alegrar-se e sofrer, acreditar e descrer, que lá adiante tudo se justificará, tudo dará certo. Algumas vidas até podem ser tristes, outras são desperdiçadas, mas, num sentido mais absoluto, não existe vida errada.

23 de dezembro de 2009

O salva-vidas

De vez em quando aparece no noticiário algum sortudo que teve sua vida salva por um objeto: uma caneta no bolso, uma moeda, uma calculadora, algo que impediu que uma bala de revólver lhe perfurasse o coração. Pois aconteceu de novo: sábado passado, em Cuiabá, um professor de 52 anos reagiu a um assalto e teve sua vida salva porque, na hora do disparo, a bala acertou o que ele trazia em mãos: um livro. Um livro bem grosso, imagino. Um tijolaço.

Em plena semana em que inicia a nossa Feira, não posso perder esta chance de fazer uma analogia. Terei coragem de apelar e dizer que os livros salvam a vida de milhares de pessoas todos os dias? Bom, agora já disse.

Piegas ou não, forçado ou não, eu acho mesmo que os livros nos "salvam", de alguma maneira. Salvam a gente de levar uma vida besta, doutrinada pela tevê. Salvam a gente de ficar olhando só para fora, só para o que acontece na vida dos outros, sem dedicar-se a alguns momentos de introspecção. Salvam a gente de ser preconceituoso. Salvam a gente do desconhecimento, do embrutecimento, do mau humor, da solidão, salvam a gente de escrever errado. Se existe salvador da pátria, não conheço outro.

Quando me refiro a alguém que lê, estou me referindo a alguém que lê bastante, que lê com paixão, que lê compulsivamente. Porque ler dois ou três livros por ano, apesar de estar dentro da média brasileira, está longe de ser comemorado. Vira um programinha excêntrico: "Vou aproveitar que hoje está nevando em Maceió e ler um livro". Nada disso. Livro salva quem nele se vicia. Salva quem não consegue se saciar, quem quer saber mais, conhecer mais, se aprofundar mais. É imersão. Mergulho. Salva a gente da secura da vida.

A Feira começa depois de amanhã e estará cheia de livros, inclusive os volumosos. *Viver para contar*, a biografia do García Márquez, tem 474 páginas. *Os cem melhores contos do século* tem 618. *A montanha mágica*, de Thomas Mann, 986. Se não salvarem espiritualmente ninguém, darão ao menos um bom escudo.

24 de agosto de 2005

Esconderijo conjugal

No livro *Monogamia*, do psicanalista Adam Phillips, há um trecho em que ele diz que o esconderijo mais aconchegante é aquele em que conseguimos esquecer do que estamos nos escondendo. Mais: é aquele em que até esquecemos que estamos escondidos. E conclui: "Formamos casais porque é impossível esconder-se sozinho".

O casamento como esconderijo. Eu nunca havia pensado nisso.

Uma pessoa avulsa é uma pessoa com sua solidão escancarada, é uma pessoa que necessita fazer contatos e explicar quem é, o que faz, do que gosta. Uma pessoa sozinha é visada, está exposta, julgam que ela tem mais tempo, está mais disponível, uma pessoa sozinha não tem onde esconder-se. Já duas pessoas juntas escondem-se das fantasias e do julgamento alheio, escondem-se de sua própria vulnerabilidade e dos seus próprios segredos, duas pessoas juntas protegem-se oficialmente, mesmo sem ter a consciência de que sua união também é isso, um esconderijo.

A sociedade costuma cobrar relações amorosas daqueles que escolheram viver sozinhos, ou que estão sozinhos por contingência do destino. Os solitários, os ermitãos, os donos da própria vida são tratados como se estivessem à margem, mas são os casados os verdadeiros excluídos, porque uma vez cumpridores de uma expectativa social, perdem seu potencial para surpreender, não chamam mais a atenção, passam a ser apenas fazedores de filhos e de dívidas, consumidores de imóveis de três dormitórios e carros utilitários, viram alvo apenas das corretoras de seguro e dos agentes de viagem. Dentro de um casamento, julga-se que há duas pessoas realizadas, completamente a salvo da angústia existencial, da carência afetiva, dos traumas de infância, da insanidade, do vício e dos ímpetos – imagine, ímpetos: casais não se lançam a improvisos sem conversar de forma continuada, antes, durante e depois do jantar.

A solidão, que sempre pareceu nos proteger, na verdade nos coloca no centro das atenções, permite que se intrometam em nossas escolhas. Já o casamento nos tira da prateleira, nos resguarda, nos esconde tão bem e tão sem alarde que a gente nem percebe que está escondido. Que ironia: o casamento é que é underground.

24 de agosto de 2005

Trocas íntimas entre estranhos

Alguns poucos leitores às vezes me confundem com conselheira sentimental e me revelam seus conflitos internos, acreditando que eu possa apontar um caminho para que eles vivam melhor. Logo eu. Escrevo sobre assuntos que me interessam e se servirem para alguém, é uma honra, mas não me sinto à vontade e nem tenho preparo para entrar na intimidade de cada leitor em particular – já me atrapalho o suficiente comigo.

Mas já que todos gostam de conselhos, eu inclusive, uma dica posso dar: leia o livro *Pequenas delicadezas*, de Cheryl Strayed.

Já falei dessa autora antes. Foi ela que percorreu sozinha uma trilha nos Estados Unidos e narrou a experiência no aclamado *Livre*, que frequentou a lista dos best-sellers. Eu nem imaginava que ela escrevia uma coluna de aconselhamentos. Pois me tornei fã declarada dessa mulher.

Pequenas delicadezas é uma espécie de correio sentimental, uma seleção de perguntas e respostas publicadas no site The Rumpus, mas de forma alguma é literatura de bisbilhotice, aquela coisa de olhar pelo buraco da fechadura dos dramas alheios, o que tantas vezes se revela piegas.

Cada carta gera um ensaio em que Cheryl conta experiências próprias para ilustrar seu pensamento sobre as questões levantadas. Esbanjando sensatez (coisa que não anda sobrando por aí), ela equaliza causas e efeitos com docilidade, mas sem abusar do bom mocismo e sem encontrar solução para tudo. Ao contrário, ela reconhece que a vida é bem sacana às vezes. Nossos pais nem sempre foram uns anjos, nossa infância "feliz" pode ter sido uma farsa e a maneira como estamos narrando nossa história para nós mesmos pode estar cheia de ficções que já não conseguimos sustentar. Dá para mudar o passado? Não dá. A única coisa que dá para mudar é a maneira como enxergamos tudo o que nos aconteceu (e ainda acontece) e ver o que é possível perdoar, esquecer ou redimensionar.

É comum considerar o escritor como uma espécie de guru – parece que ele é imune a problemas. Cheryl se atreve no papel e se dá como exemplo justamente porque sua vida não foi um passeio de carrossel. Porém, ela encontrou suas ferramentas de superação – a própria coluna é uma delas. Sem constrangimento e com absoluta empatia, envolve-se com a dor de quem lhe escreve, mesmo suspeitando que todos sabem direitinho o que devem fazer de suas vidas, só estão aguardando que alguém, mesmo um desconhecido, lhes dê uma espécie de licença. "Se é por falta de licença, sinta-se autorizado", é o que ela parece dizer.

Pequenas delicadezas não explora as churumelas do amor nem pretende ser um oráculo. Apenas confirma que viver não é fácil, mas é o que temos pra hoje.

8 de setembro de 2013

Surdez universal

Queria mesmo era escrever um poema nesta manhã de domingo gelada e silenciosa (tenho consciência que você pode estar em condição oposta, de pés descalços na praia ou preso a um congestionamento em que todos buzinam – mesmo assim, talvez consigamos nos conectar).

Ainda tocada pela leitura do livro *Uma hora de fervor*, de Muriel Barbery, que se passa em Kyoto, me encontro quieta e reflexiva, que é o estado ideal para as depurações. Há certos dias em que o excesso nos consome. É tudo muito, demais. Vulgaridades, agressões, gritaria, exibicionismo, postagens. Noites curtas de sono, longas horas de espera, a saúde precária, os olhos tristes. A alegria fajuta dos programas de auditório e de campeonatos infinitos de futebol. Domingo pela manhã talvez seja um bom momento para descansar de tanta "vida" e preparar um chá, recostar-se numa almofada e olhar para o céu.

É quase impossível conversar consigo mesma cercada por tanto ruído. Não escutamos ninguém, ninguém nos escuta, e os desejos e dores que trazemos dentro ficam falando sozinhos. Surdez universal em meio ao caos. Agora entendo o fascínio que minha filha mais velha sente pelo Japão, onde ruas lotadas de pedestres são percorridas em baixo volume e qualquer pequeno jardim traz sua própria imensidão.

Aos 33, minha filha não é velha em idade, mas velha em sabedoria. Quero ficar tão velha quanto ela, a fim de abandonar o meu aflitivo aumento da aposta: querer mais, ir mais longe, saber tudo, esses ralis pessoais de esgotamento mental. O reencontro com a nossa essência é o grande prêmio de uma existência prolongada. Só perto do final é que se aprende a ser mínima e finalmente se enxerga o que sempre se manteve inteiro em nós. Ainda não cheguei lá, mas estou a caminho. Haja desapego para contrariar os alto-falantes que nos ensurdecem com suas palavras de ativamento.

Arte, amizades e filhos (se os tiver). Os três fios condutores da vida plena. Alimentos para o espírito, a mente e o coração. Alavancados pelo amor, que não precisa de palco e plateia, transcende nos bastidores. As aventuras que nos distraíram até aqui continuam sendo bem-vindas (viagens, festas), mas não precisam mais ser tantas e tão ofuscantes. Desacelerar não é desistir. É voltar a prestar atenção no que importa.

O domingo silencioso logo vai terminar e dar lugar aos frenéticos dias úteis, aqueles em que a poesia só consegue se infiltrar clandestinamente, e em que escutar a si e aos outros vira tarefa de titã. Ainda é difícil, para mim, abdicar da fúria ocidental que, mal a manhã inicia, me faz galopar até a noite, as horas sucedendo sem controle e as folhas do calendário caindo umas sobre as outras. Mas resolvi tentar. Até o fim do ano eu fico zen. Até que a vida acabe eu viro japa.

13 de julho de 2024

Oferendas ao nada

Ao reler o livro *A alma imoral*, do rabino Nilton Bonder, encasquetei com uma expressão que, na primeira leitura, feita anos antes, não havia me despertado a atenção – e isso explica a razão de releituras serem necessárias, pois avançamos no tempo, e o que antes não parecia relevante, passa a ser. E nem preciso dizer que essa predisposição à releitura deveria existir para tudo, não só para livros.

Mas retornando ao ponto.

No livro, o rabino diz que muitos dos nossos sacrifícios e esforços são oferendas ao nada. Oferendas ao nada. Foi esta a expressão que me fez refletir sobre a quantidade de privações e abstinências a que nos submetemos e que têm serventia nula. Zero.

Todo novo ano que inicia é um convite a uma releitura de si mesmo. Você já passou pelos mesmos janeiros e fevereiros e março que aí vêm, os mesmos carnavais e páscoas, as mesmas estações. Se daqui para frente queremos extrair alguma novidade de fato, ela virá da nossa maneira de encarar a vida, de desfrutá-la com mais proveito.

Então, que se ofereçam flores à Iemanjá, já que rituais de otimismo e fé não fazem mal a ninguém, e que se ofereçam abraços e bons votos aos amigos, já que o afeto é para ser compartilhado, e que a gente doe sempre o que temos de melhor, aquilo que nos movimenta. Não o que nos trava.

A timidez, por exemplo. O que a timidez tem feito por você? Ela impede que você se relacione através do olhar direto, que arrisque uma conversa com um desconhecido, que apresente aos outros seu trabalho, suas propostas, suas ideias. Orgulhar-se da sua timidez, colocando-a num altar, é fazer uma oferenda ao nada.

O que a culpa tem feito por você? Tem impedido você de se responsabilizar pelos seus atos e renegociar com a vida, tem trancafiado você em casa, obrigando-o a lidar incessantemente com questões passadas, tem envelhecido você, consumido você, paralisado você, e você ainda se ajoelha e reza para cultuá-la. Outra oferenda ao nada.

O que a insegurança tem feito por você? Nada. O que o medo tem feito por você? Nada.

O narcisismo, menos ainda. Cultuando esse deus chamado "Eu", você não percebe o entorno, não exercita a solidariedade, não considera o sentimento alheio, não compreende, não perdoa, não evolui. Oferece a si próprio uma homenagem patética, fica preso a uma energia que não circula, não realiza troca alguma. Joga flores para a solidão.

Que em 2014 consigamos romper com nossos receios sobre o que os outros irão pensar de nós, com o que não nos traz retorno, com o que não nos insere no universo de uma forma mais efetiva e bonita. Chega de cultuar impedimentos. Façamos, para variar, oferendas ao risco.

1º de janeiro de 2014

Autógrafos antimonotonia

Quem espia de longe uma sessão de autógrafos, pensa que nada pode ser mais entediante. Uma longa fila com pessoas cabisbaixas esperando a vez de receber uma assinatura num livro, e na outra ponta um escritor que não vê a hora de a tortura acabar e voltar para casa.

Enganam-se, caríssimos. Entediante é disputa de pênaltis em final de campeonato. Em sessões de autógrafos, acontece de tudo.

Tenho expertise, fiz muitas. Passei pelas maiores alegrias – e por alguns vexames históricos. Já comi mosca em um lançamento em Curitiba e em Brasília – apareceram três pessoas em cada. E eu não era iniciante.

Quando de fato iniciante, lancei livro na Feira de Porto Alegre durante um temporal apocalíptico. Apareceram dois parentes e o jornalista Ruy Carlos Ostermann. Fiquei extasiada com sua gentileza. Meu primeiro VIP.

Autografar para ídolos deixa o ego em festa. Tive Danuza Leão, Nelson Motta e Millôr Fernandes na mesma fila de uma sessão no Rio. Você chega a ter medo de acordar no dia seguinte e descobrir que seu médico tinha razão quando disse que o excesso de medicação provoca delírios. Do onírico para o real: vez em quando, surge um admirador desequilibrado (quem esquece Mark Chapman?). Mas inusitado mesmo foi quando um trio de meliantes afanou a bolsa que pendurei no encosto da cadeira enquanto eu autografava. As câmeras de segurança registraram. Não percebi nada. A fila andou normalmente.

É fato, minha fila anda. Sou rápida e solidária ao pessoal que está em pé, com fome, com artrite. Em 45 segundos, escrevo "um beijo carinhoso", faço uma pergunta para puxar papo e tiro uma selfie. Costuma ser suficiente, mas tem leitor que se abaixa, cruza os dois braços sobre a mesa e anuncia: "Vou te contar minha história". Agora? Jura? O suor escorre pela testa.

Já autografei para um golden retriever. Já teve quem me fizesse assinar um contrato de casamento – mas não tivemos lua de mel, contrato anulado. E quem me convidasse para madrinha de uma união que começou na fila um ano antes. Pois é. Enquanto esperam, os leitores se relacionam. Fazem amigos. Arranjam namorados.

Estranhezas, sobressaltos, comoções: é um agito ótimo. Horror, só quando você enxerga, lá ao fundo, aguardando no meio da fila, uma pessoa que você conhece, mas não lembra o nome. Ela abana de longe. É certo que dispensou a identificação no papelzinho, acha que não precisa, se considera íntima. Ela está chegando perto e você já não atina mais nada (foi numa dessas que uma vez dediquei "Para Marquinhos" e o leitor se chamava Romualdo, a gente pira diante de uma tragédia iminente). Falta um minuto. Dê uma pista, Jesus. A pessoa finalmente chega na sua frente. Abre os braços: “Prima!!”. É da família. Só piora.

Nunca, jamais, em nenhuma hipótese, pergunte em uma sessão de autógrafos: “Lembra de mim?”. Nem que você seja a mãe do autor. A não ser, desalmada, que não seja fã dele.

10 de setembro de 2023

A vida como matéria-prima

Qual é a fórmula do sucesso? Talento, todos sabem. Os outros fatores, que ajudam muito, são facultativos: disciplina, responsabilidade, sorte. Mas só o talento é inegociável: se não tem, a conversa nem inicia. No entanto, costumo adicionar outro item importante. Minha teoria, sem confirmação científica, defende a ideia de que aqueles que são realmente bons no que fazem são bons em outra coisa também: em viver.

Já vi muita gente talentosa perder o rumo por causa de um estilo de vida afetado, regido por vaidades inúteis. Bons de texto, ruins de conduta.

Não é o caso do homenageado deste texto. Luis Fernando Verissimo não passou a adolescência se escabelando (vi fotos, havia cabelos) e pensando em como alcançar o sucesso. Não teve pressa em subir na vida – aliás, duvido que tenha perdido dois minutos matutando sobre tal coisa. Quando garoto, viajou com os pais, estudou em colégios no exterior, leu muito, aguçou os sentidos, experimentou um emprego aqui, outro ali, até permitir que o destino se cumprisse naturalmente. Stress? Que stress?

O destino se cumpriu melhor do que a encomenda, e Luis Fernando comemorou se casando, tendo filhos e ofertando à sua prole uma oportunidade similar à que havia recebido: levou a família para morar um tempo em Nova York, depois em Roma, e então em Paris. Grudado aos seus, trabalhava enquanto conhecia mais sobre gastronomia, refinava seus hábitos, assimilava novas culturas, aperfeiçoava idiomas – vivia. E que vida.

Luis Fernando sempre foi internacional sem deixar de ser gaúcho e sem deixar de ser brasileiro. Tão internacional que nem cogitou torcer para outro time que não levasse esse nome. Ainda estamos falando sobre saber viver.

Com a mente aberta e ciente de que a vida não exige escolhas únicas, apostou também em seu traço: além de escritor de gabarito, mostrou a que veio no desenho, consagrando-se com tiras como "As Cobras" e "Família Brasil". Quem sabe viver não vive em linha reta, mas também em linhas tortas, curvas e diáfanas.

O cronista, romancista e cartunista ainda encontrou tempo para incorporar-se a uma banda de jazz que existe há não sei quantos anos, com agenda repleta de janeiro a dezembro, em que toca o sax que tanto lhe dá prazer. Já foi dito que ele se realiza mais na música do que na literatura. Se ele falou isso mesmo, foi para não deixar sem resposta o entrevistador que fez a pergunta que não se faz a quem sabe viver. Quem sabe viver não escolhe: acumula.

Luis Fernando Verissimo, mesmo sem ser consultado, endossa minha teoria: grandes profissionais são aqueles que conseguem ser ainda melhores quando não estão trabalhando.

O maluco da praia

Ele ia todos os verões com a família para Torres. Chegava dois dias antes do réveillon e só retornava no final de fevereiro. Passava o dia no mar, surfando. À tardinha, jogava futebol com os amigos. À noite, festas. Era um cara bonito, saudável, as meninas sonhavam em namorá-lo, e algumas conseguiam. Ele e seus dezessete anos. Depois dezoito, dezenove, foi assim até os vinte e poucos, sempre chegando ao balneário no final de dezembro e voltando a Porto Alegre no último dia do veraneio. Até que um dia não voltou. Ficou.

Todos comentaram. O que será que aconteceu? Largou a faculdade? Se apaixonou por alguma nativa? Ninguém sabia. O ano passou. Quando o novo verão iniciou, lá estava ele à espera de seus amigos da capital, mantendo seu ritual praiano. Acharam que ele havia tirado um ano sabático, apenas. Mas ele mais uma vez ficou por lá quando o verão terminou. E assim foi, e assim é, até hoje.

Em maio, em agosto, em qualquer mês, é possível encontrá-lo caminhando pela praia. O cabelo, agora meio grisalho, bate na cintura e é mantido preso num rabo de cavalo. Está magro como uma lapiseira. Possui uma barba malcuidada e um olhar assustado. Veste uma calça três tamanhos maior do que seu número, segura a danada pelo cós para não ficar nu, e na outra mão leva uma trouxa cujo conteúdo não se adivinha. Quando chega a tropa de veranistas, ele sai de cena, se esconde em algum buraco – desacostumou com gente.

Virou o maluco da praia.

Lembrei dele ao ler o excelente *Barba ensopada de sangue*, de Daniel Galera, em que o personagem principal vai para Garopaba atrás de informações sobre o avô que morreu e por lá vai ficando, solitário, levantando suspeitas por onde passa. No entanto, acompanhando seus pensamentos e atitudes desde a primeira página, sabemos que se trata de um homem sensível, inteligente, corajoso. Introspectivo, sim, mas quem disse que os introspectivos merecem menos confiança do que nós, os acelerados da cidade?

O livro é magnífico na construção dos diálogos e na influência do ambiente no amadurecimento do personagem. Eu não só li o livro, como *assisti* ao livro. Estive com o personagem, vi como foi tudo, conheci os pescadores, e Beta, a cachorra, foi um pouco minha durante os três dias em que passei mergulhada na leitura. Tal foi minha imersão, que fiquei achando que maluca era eu de não estar lá de fato, e sim aqui, fazendo caminhadas numa avenida com tráfego intenso, tendo que ganhar mais dinheiro do que eu precisaria, e para isso trabalhando mais do que gostaria, e acordando com o som de britadeiras e... bom, você entendeu.

Não pretendo me isolar numa praia – não agora. Mas viver de frente para o mar é um sonho. Enquanto não acontece, renovo meu olhar para aquele menino surfista que conheci um dia em Torres e que nunca mais voltou, e que também deve ter suas justificativas emocionais, deve oscilar entre fuga e encontro, deve guardar seus amores e sua solidão. Ninguém pode ser definido apenas como um sujeito magro e cabeludo segurando as calças que teimam em cair. Os diferentes de nós – que chamamos apressadamente de malucos – podem ter uma história rica e profunda para contar, talvez falte apenas quem queira escutá-la.

Uma pessoa como outra qualquer

"Você pode ser um presidente, pode ser o que for, mas sempre será uma pessoa como outra qualquer", diz Pepe Mujica no excelente livro *O horizonte*, que reproduz quatro longas conversas entre ele e Julio Sanguinetti, também ex-governante do Uruguai.

Sei, é uma obviedade, não merece um "extra! extra!". Entre mim e Julia Roberts, por exemplo, a diferença é apenas alguns milhões no banco e um rostinho bonito (não preciso dizer a favor de quem). No mais, somos duas mulheres que trabalham, têm filhos, se angustiam, se divertem, se atrapalham, envelhecem, resmungam e refletem sobre o sentido da vida. Existe alguma grande diferença entre mim e ela, e entre nós todos?

Pareço forçar a barra ao destacar uma frase banal como se fosse uma descoberta bombástica, mas o fato é que as pessoas esqueceram mesmo desse pequeno detalhe: somos todos insignificantes, poeira cósmica. Não há razão para se apresentar aos outros dando palestra sobre os próprios feitos. A quem considera que temos alguma especificidade e nos elogia publicamente, agradecemos, muito obrigada, mas é reconhecendo o que há de mundano em nós que minimizamos o vexame de se achar mais e melhor que os outros.

Não é preciso ser tão franciscano como Mujica, que se isolou num sítio e dirige um fusquinha. Somos todos frutos da sociedade de consumo e da era digital. Satisfazemos nossas necessidades, não só as básicas, mas também as supérfluas, e procuramos fugir da invisibilidade, valorizando nosso trabalho a fim de vendê-lo, óbvio, e reafirmando nossa identidade de tempos em tempos, seja através do convívio social ou de postagens virtuais. O que nos falta, então? Moderação.

Perdeu-se o senso crítico. Estamos em meio a um massacre egoico. "Eu sou mais eu", "eu posso tudo", "eu sou gostosa", "eu sou fodão", declarados em caixa alta por pessoas independentes e empoderadas, que, por um lado, ajudam outras pessoas a reconhecerem o próprio valor. No entanto, a vaidade excessiva encobre frustrações e faz um barulho estridente.

Conexões silenciosas surtem mais efeito. O silêncio da respiração, da escuta, da leitura. O silêncio da meditação, da reza, do mantra, da humildade. A suavidade da voz que pergunta mais do que responde, que incentiva mais do que critica. O som da música, o som das folhas nas árvores e da correnteza do rio, o som camuflado dos suspiros. O som da paz, em detrimento dos alto-falantes. É outro tipo de vaidade: satisfazer-se com o eu mínimo, que é enorme. Credenciais, cargos, títulos e prêmios são penduricalhos, guizos que chamam a atenção para o lado de fora de nós. Atraem, mas não nos diferenciam.

Extra, extra! Pessoas como outras quaisquer, é o que somos. Sem motivo para entrar em pânico: ainda assim, continuamos únicos.

21 de janeiro de 2024

Caça

Por que é importante ler? Pergunta recorrente em qualquer encontro de escritores com estudantes. E a gente acaba desfiando um rosário de respostas prontas, um lero-lero repetitivo, apesar de necessário. Mas hoje vou dar um exemplo prático. Estava lendo uma revista – nem era um livro – quando me deparei com uma entrevista feita com o chef Philippe Legendre, estrela da gastronomia francesa de quem nunca provei um ovo frito, simplesmente não faço ideia de quem ele seja. Lá pelas tantas, o repórter: "É verdade que o senhor adora caçar?". O chef: "Eu caço o silêncio. Atiro no barulho".

Bum!

Perdizes, faisões, coelhos, sei lá o que o homem caça todo final de semana. O importante foi o impacto causado por aquelas duas frasezinhas curtas que pareciam um poema e que empurraram meu pensamento para além das páginas da revista, me puseram a pensar sobre minhas próprias perseguições. "Caço o silêncio. Atiro no barulho." Eu idem, monsieur.

Eu caço o sossego. Atiro na tevê.

Eu caço afeto. Atiro em gente rude.

Eu caço liberdade. Atiro na patrulha.
Eu caço amigos. Atiro em fantasmas.
Eu caço o amanhã. Atiro no ontem.
Eu caço prazeres. Atiro no tédio.
Eu caço o sono. Atiro no sol.
E quando caço o sol, atiro em relógios.

Acho que é isto que a leitura faz. Solta a gente numa floresta fictícia com uma arma na mão. Nos dá munição para atirar em tudo o que nos distrai de nós mesmos, no que nos desconcentra. O livro não permite que fiquemos sem nos escutar. A leitura me faz mirar em mim e acertar no que eu nem sabia que também sentia e pensava. E me ajuda, inclusive, a matar tudo o que pode haver em mim de limitante: preconceitos, obsessões, hipocrisias, solenidades, dores cultuadas.

Lendo, eu caço a mim e atiro em mim.

Fim de férias

Passei duas semanas à beira-mar, caminhando, pedalando, rindo com os amigos e mergulhada em boas leituras. Aproveitei o descanso para me extasiar com *Os enamoramentos*, de Javier Marías, para conhecer a ironia cativante de David Foster Wallace em seu *Ficando longe do fato de já estar meio que longe de tudo* e voltei a consultar o filósofo Cioran, cuja amargura não deixa de ter um lado divertido. No último dia de praia, antes de retornar a Porto Alegre, li por coincidência o seguinte trecho em um dos seus livros: "Se um governo decretasse em pleno verão que as férias fossem prolongadas indefinidamente e que, sob pena de morte, ninguém deveria abandonar o paraíso em que se encontra, se produziriam suicídios em massa e massacres sem precedentes".

Fechei o livro e olhei para o mar azul à minha frente, com veleiros brancos a navegarem em câmera lenta, parecendo propaganda de cartão de crédito, e pensei em como eu reagiria se alguém decretasse: "Agora será esse idílio para sempre, baby". Acho que desataria a chorar. O paraíso não tem a mínima graça se não for confrontado com o inferno.

Às vezes me pego sonhando com uma casinha num balneário pouco movimentado, onde eu pudesse passar o ano inteiro nadando, escrevendo, lendo, comendo peixe e demais alimentos saudáveis, e tudo me parece encantador, ou então imagino uma casinha na serra, cercada de verde por todos os lados, o clima frio, lareira, vinho tinto, eu igualmente afastada da baderna urbana, fazendo minhas caminhadas contemplativas, e também me parece um espetáculo de bem-viver, até que alugo uma dessas casinhas por quinze dias e acho tudo, de fato, sensacional, mas, lá pelas tantas, percebo um formigamento na alma: até do trânsito começo a sentir falta.

Onde me sinto verdadeiramente em casa? Não é no meu idealismo, e sim na concretização das minhas atividades profissionais e pessoais. Me sinto em casa em aeroportos, ao conhecer gente nova, ao aceitar trabalhos que produzem um glupt na garganta (misto de medo e excitação), ao fazer malabarismo para dar conta da agenda, ao acordar a cada manhã sem saber direito o que o dia me trará. E apesar de toda a carga de adrenalina, finalizo essa odisseia jogada no sofá ouvindo música, com a satisfação de ter cumprido o que pretendia e de ainda ter sobrado tempo para o nada (sempre reservo um tempo para coisa nenhuma). "Lar" é onde cabem todos os eus que me habitam, não só o eu ligado na tomada, mas também o eu preguiçoso e indolente.

Talvez mais adiante eu invista num segundo endereço em outra cidade e alterne minhas permanências – um pouco lá, um pouco cá – mas, por ora, não pretendo me acomodar a um calendário composto só de domingos, evitando o confronto com as angústias, as dúvidas, os desafios. Férias só se justificam por serem provisórias. São fantásticas porque terminam. Cá estou, voraz e saliente, de volta à imprevisibilidade dos dias.

20 de fevereiro de 2013

Ler demais

Havíamos sido apresentados durante um evento, com muitas pessoas em volta. Ele sabia que eu era escritora, eu não sabia nada dele e fim da história. Até que, quatro dias depois, ele me encontrou sozinha, andando de bicicleta, e se aproximou. Disse, num tom muito sério, voz preocupada: "Quero aproveitar este momento pra te pedir um conselho".

Meu Deus. Ok, peça.

"O que você diria para o pai de uma menina que desde os cinco anos de idade, até hoje, aos 24..."

Suspirei. A menina seria viciada em crack? Não se identificava com o sexo que havia nascido? Era abusada por algum familiar? Teria algum distúrbio, alguma doença, algo que precisasse de um acompanhamento psicanalítico? Qual seria o seu segredo, a sua dor, o que ele estaria prestes a me confidenciar?

"...que até hoje, aos 24, não faz outra coisa na vida a não ser ler?"

Parei de pedalar. Olhei bem para o rosto dele e aguardei a gargalhada que denunciaria a piada. Não veio. Ele estava falando sério. Então iniciei meu questionário:

"Ela dorme, se alimenta?"

"Sim."

"Ela estuda ou trabalha?"

"Sim."

"Namora, tem amigos, vida social?"

"Sim."

"Então, desculpe, não entendi."

Quantos pais, hoje, subiriam duzentos degraus de joelhos pela graça de ter um filho que adorasse ler? Eles existem, os leitores jovens. Mas não são muitos, não tantos quanto precisaríamos para manter defensores da ditadura longe das intenções de voto, para que não se fizesse confusão entre pedofilia e arte, para que não houvesse tanta tacanhice e dificuldade de transcendência. Leitura está diretamente associada a evolução, desenvolvimento, sabedoria e amplitude de ideias. Sem leitura, resta o confinamento, a estreiteza, o escuro. Viramos presas fáceis de oportunistas.

"Que pai sortudo você é", disse a ele. "Vício em leitura é virtude."

"Sinceramente, acho um exagero", ele respondeu, e se afastou. Não tocou mais no assunto e nunca mais o vi, mas espero que seja surpreendido pelos textos impecáveis, pelas conversas inteligentes, pelo patrimônio intelectual que sua filha começa a conquistar.

Pais sortudos, não pirem. Não existe "ler demais". Preocupem-se com o "ler de menos", essa epidemia às avessas que nos afunda e impede que sejamos um povo mais aberto e menos sujeito à manipulação.

Meus planos para o futuro? Ler até os olhos sangrarem. Porque o que eu já li e o que você já leu ainda não é suficiente, e nunca será.

1º de novembro de 2017

IMPRESSÃO:

PALLOTTI
GRÁFICA

Santa Maria - RS | Fone: (55) 3220.4500
www.graficapallotti.com.br